言葉の贈り物

Eisuke Wakamatsu

若松英輔

亜紀書房

言葉の贈り物

言葉の贈り物

もくじ

言葉の護符

空気や水、食べ物がなくては生きていけない。だが言葉もまた、生きるのに不可欠なものである。言葉は、文字どおりの意味で心の糧《かて》だからだ。さらにいえば言葉は食べ物以上に大きな、また深刻な影響を私たちの日常にもたらしている。食べない日があったとしても言葉から離れることはない。それにもかかわらず、人は、そのことを忘れがちだ。

食物を摂《と》らなければ肉体は十分に働かない。それと同様に心は、いつも言葉を欲している。飢え、渇いていることすらある。身体が食べたものでできているように、心はそれまでに接してきた言葉によって養われている。心をのぞき込んでみればよい。

無数の言葉で満ちあふれているのに気が付くだろう。

ただ、ここでの言葉は、必ずしも言語であることを意味しない。この本では、そうした生き、うごめいている意味を、「言葉」だけでなくカタカナで「コトバ」と書くことにする。

言語は文字に置き換えることができる。しかしコトバは違う。コトバはしばしば文字となることを拒む。コトバには沈黙も含まれる。あるいは、無言のまま傾けられたまなざしもコトバになる。

何冊かの本を書き、講座などを通じて幾千の文章を読んできて、はっきりと気が付いたことがある。それは、書くことに真剣に向き合いさえすれば誰でも、自分が本当に必要としている言葉を自らの手で紡《つむ》ぎ始めるという事実だった。

そういってみても、すぐに疑問の声が聞こえてきそうだ。書くのが好きな、あるいは得意な人はそうかもしれない。しかし、苦手な者には当てはまらないのではないか。

言葉の護符

紙幅もないので結論からいうと、書くことに秘められているこの力は、職業や年齢、性別、あるいは経験の有無といった条件にはまったく関係がない。むしろ問題は、その人の熱意や真剣味にある。

一つだけ、そうした言葉の誕生を邪魔するものがあるのは、はっきりしている。うまい文章を書こうとすることだ。うまい、と感じる文章はつねに、どこかで見たことのあるような、ほかの誰かが書いたものに似ている。

うまい文章、流麗な言葉は、見た目にはよい。だがそれは、画に描いた餅のようなもので、けっして食べられない。うまいだけの文章は、倒れた者を再び立ち上がらせるのにあまりに無力なのである。

人々が文章を紡ぐ姿を見ていると、何かを作り出すというよりも、隠れているものを見つけ出す、というのがふさわしいように感じられる。文章を書くとは単に技能を高めることではない。むしろ、無数の言葉が自身のうちに眠っていることを確かめる営みだともいえる。

言葉は尽きることなく存在する。しかし、今日、大切な人から花を贈られた人にとって、昨日までの花と今日の「花」は、まるで違った意味を持つ。大切な言葉はこうして生まれる。平凡な言葉が素朴な経験によって新生するのである。

本当に必要な言葉を見失っていることがあるのは、聞こえのよい言葉を探しがちだからなのかもしれない。苦しいとき、名言、格言めいた言葉を探してもあまり役に立たない。危機にあるとき、私たちが本当に必要な言葉はもっと凡庸な姿をしている。

凡庸とは、よく見かける言葉だという意味ではあるが、けっして陳腐な、ということではない。使い慣れた、親しみ深い言葉であるということを指している。

人は、生涯でさまざまなものを遺《のこ》すことができる。ある者は財産を、ある者は事業を、あるいは思想を後世への贈り物とするかもしれない。しかし、誰もが遺し得るのはコトバではないだろうか。さらにいえば、人間が遺すことのできるもっとも高貴な、美しいものはコトバではないかとすら思う。

大切な人がいても、お金がなく思うようなものを贈ることができない。そんなときが人生にはある。また事情が違って、問題は金銭でもプレゼントを選ぶ時間がないのでもなく、贈ってもその人にはもう、それらを使う時間が十分に残されていない、あるいはその人がもうすでにこの世にはいない、ということもあるかもしれない。

そうしたとき人は、言葉を、コトバを贈ることができる。それは選択肢の一つであるというより、ほとんど唯一の道なのではないだろうか。何かに突き動かされるように彼方の世界にコトバを送り届けようとする。そうした行為はしばしば祈りと呼ばれてきた。

こうした関係は、生ける者との間でも変わらない。むしろ、愛し合うとは生涯を賭《と》して二人で、一つの永遠なる言葉、悠久のコトバを見つけることなのではないだろうか。

9 言葉の護符

愛する者には言葉を贈れ
その人を守護する

言葉の護符を贈れ
朽ちることなきものを
捧げたいと願うなら
言葉を贈れ
願いを込めた言葉ではなく
無私なる祈りにつらぬかれた
言葉を贈れ
その生涯を祝福する
言葉の護符を贈れ

苦しい出来事があって、立ち上がることが困難なときでも、私たちは一つの言葉と出会うだけで、もう一度生きてみようと感じられることがある。別な言い方をすれば言葉は、人生の危機において多くの時間と労力を費やして探すのに、十分な価値と意味のあるものだともいえる。

言葉は、心の飢えを満たし、痛み続ける傷を癒す水となる。言葉は、消え入りそうな魂に命を与える尽きることなき炎にすらなる。

根を探す

慢性的な疲労に苦しむとき、服用するとよい薬草がある。化学的な薬品ではない。伝統的に用いられてきた薬用植物である。

薬草は、現代の医薬品とは異なる働き方をする。医薬品の場合、どう働くかは物質が決める。だから効き方も鋭いが副作用もある。しかし薬草は、どう働くかを身体と対話しながら探っていく。薬草は、私たちのうちにあって小さくなっている生命の火に、息を吹きこむように作用する。身体に眠っている力を呼び覚ますのである。

植物には部位がある。葉ばかりでなく茎、花、果実を使うこともある。同じ植物でも葉と果実ではまったく作用が違う。そして、忘れてはならないのは根だ。疲労に効

13

根を探す

果のある植物は、根の部分を使うことが少なくない。

根を取り出すために私たちは、大地を掘らなくてはならない。探している植物は土のなかに隠れている。土にふれることなく、根を手にすることはできない。

花や果実は、近くを通り過ぎる者たちに喜びを与えることも珍しくないが、根の存在は、ほとんどの人に忘れられている。その姿も地味で、華麗でもない。昆虫たちも花の蜜を求めて集まってくる。果実をついばむ鳥たちによって、その植物の種子は、遠くの場所に運ばれる。だが、根にはそうした出来事も起こらない。土のなかから地上部分を支えている。

考えてみれば当たり前なのだが、根にふれることは、大地と深く交わった者にだけ許されている。大地に近づいて、手を動かしてみなければ根を感じることはできない。

人は、根が必要なときに花を集めることがある。果実を手にしようと躍起になっていることもある。むしろ、そんな生き方をして、疲れていくこともしばしばあるように感じられる。さらに、花々を手にしている人を羨《うらや》み、自分の手に果実がない現実に落胆し、失望したりもする。

根にふれたければ、遠くへ探しに行ってはならない。その力を掘ることの方に向けなくてはならない。私たちを深く癒してくれる植物は、人生の森、それも地中に隠れている。あまりに目立たないから私たちがそれを見過ごしているだけなのである。

花や果実を手にしたまま大地を掘ることはできない。それをひとたび横において土を掘らなければ、根に近づくことはできない。

花や果実はときに、手の届かない場所にある。だが、根はいつも私たちの足元にある。

> お前は自分を狭苦しく感じている。お前は脱出を夢みている。だが蜃気楼に気を付けるがよい。脱出するというのなら、走るな。逃げるな。むしろお前に与えられたこの狭小な土地を掘れ。お前は神と一切をそこに見出すだろ

う。〔中略〕虚栄は走る。愛は掘る。たとえお前がお前自身の外に逃げ出しても お前の牢獄はお前について走るだろう。その牢獄はお前が走る風のために一層狭まるだろう。だがもしお前がお前の中に留まって、お前自身を掘り下げるならば、お前の牢獄は天国へ突き抜けるだろう。

（越知保夫訳）

この一節を書いたギュスターヴ・ティボン（一九〇三〜二〇〇一）はフランス人の哲学者で、農夫のように生き、考えたことから、農耕哲学者と呼ばれたこともある。彼の名前を知らなくとも、シモーヌ・ヴェイユの『重力と恩寵』の編者だといえば思い出す人もいるかもしれない。

この言葉を私は、十九歳のときに越知保夫《おちやすお》という批評家の作品で知った。以来この一節は、到達すべき目標ではなく、還《かえ》ってくる場所になった。何かを探そうとするとき、私たちはほとんど無意識に足を踏み出そうとする。しかし、それは見つけるべきものから遠ざかることかもしれないのである。

人生は旅である、という人がいる。確かにそうかもしれない。だが、ここでの旅が、未知なるものとの出会いという出来事を意味するのであれば、私たちは必ずしも遠くへ出かけていく必要はない。

旅するべき場所は、私たちの心のなかにも広がっている。私たちは自分の心に何が秘められているのかを知らないのではないだろうか。その未知なるものの典型は、内なる言葉、生命のコトバなのである。

燃える石

翡翠《ひすい》という『古事記』にも登場する宝石がある。神々が身につける勾玉《まがたま》を作る宝玉として知られている。私の故郷ではかつて翡翠が採《と》れた。精確にいえば今日も採れる。だが、ヒスイ峡と呼ばれるその場所への出入りは行政によって管理されていて、そこで勝手に採取することはできない。

郷里には姫川という名前の川がある。名前と実状は裏腹で、大変に流れが急で、しばしば氾濫《はんらん》した。「姫」と命名すればおとなしくなるのでないかという願いから、この名が付けられたとされている。今でも大雨になると川は荒れる。

その上流にヒスイ峡がある。巨大な翡翠の原石もあるが、小石大のものも豊富にあって、激しい雨のあとは上流から海に向かって流れてくることがある。今でも数日後に浜辺に行くと、翡翠が見つけられることが少なくない。

中学生の頃、あるとき友達が、みんなで浜辺に翡翠を採りに行かないかと誘ってくれた。彼の父親は、翡翠採りができるというのである。一緒に行ったのは四、五人だったように思う。探そうとしていたのは、宝石商が扱うような純度の高いものではない。とはいえ、文字どおりの宝探しだったから心は躍った。

浜辺に着くと友達の父親は私たちに、翡翠だと思う石を拾ってくるようにといった。翡翠の色は濃淡があって一様ではないのだが、古の碧《あお》ともいうべき美しいみどり色をしている。そうした色をした石をみんなで探した。

浜辺は海水浴場でもあったから幾度となく来ている。だが、石を一つ一つ眺めたことなどなかった。当然ながら同じ石は存在しない。そんな素朴なことに驚いた。

すると自分がイメージしていた色を含むみどり色の石が、次々といくつも見つかった。少し離れたところで拾っていた友達たちも、口々に「あった」「見つけた」と騒いでいた。

　しばらくして友達の父親が、拾った石を持って集まるようにと声をかけた。皆、持ってきた袋にいくつも小石を入れていた。友の父はそれらを一つ一つ見て、「違う、違う」といいながら選別を始めたのである。

　あまり時間はかからなかった。あれほどたくさん翡翠候補の石があったのに、本物は一つもなかった。

　子供たちが集めた石をすべて見終わると彼は、おもむろにポケットから石を一つ取り出し見せてくれた。何の変哲もない白い石だったが、これが翡翠だ、という。今ここで見せることはできないが、白色の層の奥に翡翠があるというのである。翡翠を探そうとして、みどり色の石をいくら拾っても、出会うのはほとんど不可能に近い。あったとしても翡翠ではない場合がほとんどだと彼は語った。

　どうやって判別するのかと尋ねると、わずかな碧い線で見分けるのだという。確かによく見るとわずかにだが確認できた。いわれれば分かるが、歩きながらそれを見つけるのは不可能だと思った。それ以来、翡翠拾いには行っていない。

声をかけてくれた友達の名前も、その父親の顔も覚えていないのだが、このときのことは今でも時折想い出す。私は、自分が求めているもののイメージを固定しつつ、何かを探していることが少なくないからだ。さらにいえば、自分が何を本当に必要としているかを知らないで懸命に探していることすらある。

振り返ってみると、あのとき私が望んでいたのも物理的な一つの石の発見ではなかったように思う。

仮に見つけたとしても金銭的な価値がほとんどないのは分かっていた。しかし、無数にある石のなかから、どんなに小さかったとしても本当の翡翠を見つけられたなら、自分の人生においても、何か大切なものを見つけることができるのではないか、そう感じていたのだ。


カムパネルラは、そのきれいな砂を一つまみ、掌《てのひら》にひろげ、指できしきしさせながら、夢のように云っているのでした。

「この砂はみんな水晶だ。中で小さな火が燃えている。」

（宮澤賢治「銀河鉄道の夜」）


この一節を読むたびに、ここでの「砂」は、私のなかでほとんど自動的に「言葉」と変換される。

一つ一つの言葉は小さく、ときに無力に映る。しかし、ひとたびそれを人間が信じ、愛《いつく》しむとき、言葉に内なる火が宿る。人の心にあって朽ちることのない生命の炎と言葉に潜んでいる火が響き合うのである。そうしたとき言葉は、迷い、苦しみつつ歩いている私たちの道を照らす灯火《ともしび》と化す。言葉が試練の闇を、光の道へと変貌させるのである。

天来の使者

人生の師は、しばしば試練を伴って私たちの前に顕《あら》われる。むしろ、そうした人生の問いを伴って顕現《けんげん》する者のみが、師と呼ぶにふさわしいのかもしれない。全身を賭して向き合うことを求めてくる、そうした人生の問いは、次第に生きる意味へと変じていく。それを精神科医の神谷美恵子（一九一四～一九七九）は「生きがい」と呼んだ。代表作といってよい『生きがいについて』で彼女は、生きがいこそが人間が生きていく上で不可欠なものであり、「人間から生きがいをうばうほど残酷なことはなく、人間に生きがいをあたえるほど大きな愛はない」と書いた。

さらに、生きがいを失った者にそれを再びもたらした者を、彼女は「天来の使者」

であるとさえいう。

生きがいをうしなったひとに対して新しい生存目標をもたらしてくれるものは、何にせよ、だれにせよ、天来の使者のようなものである。

――――

会社勤めをしているとき、本当に嫌いだと感じた上司がいた。何をいっても頭ごなしに――当時の私にはそう感じられた――否定される。もっとも不愉快だったのは、彼が私の発言をほとんど信用していないことがその態度からありありと感じられることだった。軽んじられるのも不愉快だが、信頼されていないと感じることはじつに耐えがたい。

当時、私は会社からプロジェクトを任され、失敗した直後だった。三十歳を過ぎたばかりの頃、周囲が羨《うらや》むほどの出世をして子会社の社長になった。だが、まったく力不足で一年半後には会社は完全に行き詰まった。

親会社があるから表面上は倒産という事態に至らなかったが、現実的に新会社は、立ち上がる前に倒れていた。この上司は本社の役員でもあって、私が失敗した会社の整理を任され赴任してきたのである。

だが、原因はすべて私にあった。分からないことを分からないといえず、問題をすべてかかえ込み、自分の手からあふれ出ることの処理を人に命令する、という悪循環のなかにいた。こうしたときは他者の忠言も耳に入らない。一緒に働く人によって考え抜かれた提言すら、自分への批判のように感じるようになっていた。

それから一年半くらい経って私は、会社を辞めた。辞職願を出したのはこの上司が赴任して二ヵ月ほど経過した頃のことだったが、受理されなかった。辞めるなら後始末をしっかりやってから辞めろというのである。

辞表を出してから上司の態度はいっそう厳しくなった。会社に行くのが嫌で、涙を流すことすらあった。そんな日々が一年ほど続いた。

当時、上司がつねづねいっていたのは、本気でやれということだった。目算《もくさん》してできないと判断するのではなく、まず着手して、やらなければならないこととまっすぐに向き合え、と幾度となくいわれた。

振り返ってみると、この頃の私は自分の無能を隠すために、やる前からできない理由をさまざま挙げていた。自己の正当性を主張することに懸命になっている私を上司は、どうにかしてもう一度働ける人間にさせようとしていたのだった。しかし、当時はそんなことも分からない。私を否定して辞めさせようとしているのだと思い込んでいた。

だが、相手が本気で向かってくると受ける側の態度も変わってくる。彼が苦手なことは変わらないが、世にいう悪意がないことはだんだんと分かってきた。上司の言葉が胸にこたえたのは、彼のほかにはそうした本質的な批判を口にする人が周囲にいなかったからで、彼が不当なことを語っていたからではなかった。当時の私の行動に疑念を抱いている人は少なからずいたはずである。しかし、それを口にする人が皆無に等しかったに過ぎない。実際に辞める頃になると状況はまったく違っていた。このときにはもう、彼が私を見る眼も変わっていた。気が付いてみると、普通に仕事の会話ができるようになっていた。

矛盾するように聞こえるかもしれないが、辞めなくてもよい、そう思ったときが「辞めどき」のようにも思う。

退社して二年ほど経過したある日、事務所で仕事をしているときのことだった。雷に打たれるという言葉がまったく比喩ではないような、ほとんど啓示に近いような思いに全身を貫かれた。叱るのは、ほめるよりもずっと熱情と情愛を必要とする、ということが、何か隠された真実が露《あら》わになるように了解されたのだった。

本当に叱るためには相手をよく見なくてはならない。その人物の行動を、その人自身よりも注意深く見ていなくてはならない。人は嫌なものを見続けることをしない。時間を割くこともしない。

仕事上での情愛は、まずその人との会話に時間を割くことから始まる。もっとも冷淡なのは、その人物に大きな問題が接近していることに気が付きながらも、それをいわないことだろう。そうすれば、その人はしばらくして大きな深い穴に落ちていく。そんな素朴な事実に気が付いてみれば、上司が私に注いでいたのは怒りではなく、じつに深い思慮だったことがすぐに分かった。

すぐに元上司に電話をして、面会できないかと懇願《こんがん》した。相手も、どうしているのかと思っていたところでちょうどよかったといってくれ、しばらくして夕食を共にすることになった。

まずこれまでの非礼を詫《わ》び、あのとき自分にしてくれていたことの意味が今、はっきりと分かったと頭を下げ、陳謝した。

「なんだか変なことというな、お前」と彼はいったが、その顔に浮かんでいたのは、それまで見たことのない微笑みだった。

翌年のことだった。突然、彼から電話が来た。一度話がしたいという。彼は定年で退職したばかりだった。

後日、あるホテルのロビーで会うと彼は、忙しいところすまないと述べたあと、

「じつは俺は、ガンなんだ。それもかなり深刻らしい。医者がそういうんだ。仕方ない」と、あのときと同じように微笑みながら語ったのである。

自分はもう長くは生きられない。けれども、なるべくよく生きてみたい。そのために少し力を貸してくれないか、といった。

この頃私は、今日の薬草を扱う会社を始めていて、彼のような状態の人とも接触があり、医師ともつながりがあった。彼が望むいくつかの助力はできたが、症状を抑えることはできなかった。

しばらくすると彼は、神奈川県の静かな山のなかにあるホスピスに入ることになった。便利だとはいえない場所だったが、幾度も通った。亡くなる前々日まで会っていた。家族以外で会った最後の者だったと思う。ホスピスを後にするとき、彼はいつも玄関まで見送ってくれて、ありがとう、とあの微笑みで送り出してくれた。

最後の面会のとき、彼は「すまんな、玄関まで行きたいのだが、もう歩く力が残っていない、ここで失礼する」と語ったあと、振り絞るようにこういった。

「若松、お前は素晴らしい仕事をしているな。本当にそう思う。いい仲間に出会えたんだな。会社を大きくするな。長く働け。ありがとう。本当にいい仕事だ」

このとき彼はもう、何も食べることができなくなっていて、身体も痩せ、立つのがやっとといった体力しか残されていなかった。その立ち姿は今でも鮮明に覚えている。そこにあったのは、私がこれまでに見た、もっとも美しい人間の姿だった。

今も、仕事をしていると時折、彼の聞こえない「声」を心で聞くことがある。むしろ、亡くなってからは彼の助力さえ感じる。

誰も見ていないところでも彼は見ている。今も彼は仕事の師であり続けている。だから、どんな仕事をするときも「いい仕事だ」と彼にいってもらえる態度であらねばならないという不文律が、仕事人としての私を支えてくれている。

また、いまさらながら、彼が天来の使者であったことにも気が付く。途端《とたん》に、「お前、また変なこといってるな」と微笑む姿が浮かび上がってくる。

会社を起こそうと決めたとき、法人設立の方法から経営者の成功物語まで多くのビジネス書を読んだ。あれほど本を熱心に読んだことは人生でもそう多くない。だが、それから十余年が経ってみると、読んだものがほとんど役に立たなかった事実に驚かされる。熱心に読むこととそれが血肉化することとは、あまり関係がないらしい。また、熱心に読んでいるものが本当にそのとき必要なものだったかも疑わしい。

何も残らなかったのも当然なのかもしれない。誰かのように成功したい、そんな空想のなかにいるとき人は、無意識のうちに自身の欠点や問題点に目を閉じている。あの頃は、先行者から何かを学ぼうとしていたのではなく、他者の成功物語を読むことで自分と向き合うのを避けていた。今から考えてみれば愚かなことだが、自分らしくありたいと願って、その方法を他の誰かに学ぼうとしていたのである。自分に目を閉ざして、自分らしくあろうとする。こうして書いてみるといかに愚かなことであるかはっきりするが、そうしたことは私の場合、ある時期、確かにあった。

とはいえ、長い期間そんな日々を送っていたわけではない。ある日、読むのを止めた。急に興味がうせたのである。一つ一つの本で述べられている事象は違うのだが、色調が同じであるのに気が付いた。歌でいうなら、歌詞は異なるのだが曲調がどことなく似ているのである。

また、嘘が述べられているのではないが、語らないという形での偽りがある、とも思われた。

多くの成功物語の筆者は、成功の要因が自分にあると信じて疑わない。だが当然ながら、どんなに優秀な経営者でも一人で会社を動かすことはできない。むしろ仕事とは、一人ではできないことを他者と共に実現しようとする営みなのである。だから自分だけで仕事をしていると思い込んでいる人は、利潤を上げることはできても仕事はできていない、ともいえる。

成功者を自任する人の言葉からは、見えないところで自分を支えていた人物の存在を十分に認識できていないように感じられた。また、成功を誇る人々は常に、会社の規模、売上高を誇るなど量的な実績を声高に語り、ほとんど質的な実感に関心を払っていないのも共通していた。また、早く事を成し遂げるのをよいことだと信じ込んでいるのも、おかしなくらいに皆似ているのである。そしてもっとも大きな違和感は、成功を語る人々が、「成功」とは何かを改めて考え直してみるという、当たり前の道程を経ていないのが明らかなことだった。

英語では成功をサクセス success という。また動詞となって「成功する」となると succeed になる。この言葉は、何かを成し遂げることだけでなくある事柄が持続しているさまを意味する。言葉には、長い年月をかけて培《つちか》われた民衆の叡知《えいち》が生きている。成功とは結果ではなく、大切な何かを継続的になしつつある状態を指すというのだろう。

いつからか「成功」は、多くの金銭を手にすることになった。現代人は働くことと金銭をあまりに深く結びつけているのかもしれない。会社を設立してから短くない期間、私もこの暗がりから抜け出すことができなかった。

いかに金銭を手に入れるかをだけ考えていると、長く働きたい、そんな素朴なことを真摯《しんし》に願うことを忘れがちになる。

お金が直接的に介在しない仕事はいくらでもある。ボランティアや非営利団体での活動などもそうだが、それだけではない。仕事とは文字どおり「事」に仕えることだから、人生の避けがたい何かに直面しそれを生き抜こうとする者たちは皆、働き、「仕事」をしている。たとえば、病を背負ったとき人は、その試練を生きることが誇り高き仕事になる。

どんなに規模の大きな仕事を成し遂げたとしても、働き続けることへの敬意が生まれなかったとしたら、その人が仕事を通じてふれ得た人生の意味は、あまり豊かなものではないのかもしれない。

働くとは自らを「つくり直すこと」である、と哲学者シモーヌ・ヴェイユ（一九〇九～一九四三）は書いている。働くことの本質は、苦役ではない。むしろ人は、どんな形であれ「働く」ことで日々、自己を築き上げているのであると彼女はいう。

人間の偉大さとは、つねに、人間が自分の生を再創造することである。自分に与えられているものをつくり直すこと。自分が仕方なく受けとっているものをも、きたえ直すこと。労働を通じて人間は、自分の自然的な生をつくり出す。

（「労働の神秘」『重力と恩寵』田辺保訳）

労働には、労働力としてけっして換算し得ない何かがある。働くことの本質とは高次な意味で自己を「きたえ直し」世界を「つくり直す」ことである、というのである。

世界は目に見えるものだけで出来上がっているのではない。労働は、肉眼に映る何かを作り上げもするが同時に、私たちひとりひとりが内なる世界に持っている魂の城を築き上げることにもつながっている。その場所を私たちは本当に自由につくり上げることができる。魂の城を感じることによって私たちは、自らにとっての自然な、あるいは自由な生のありようを確かめることができる。

同じ文章でヴェイユは、働くことで人は科学と芸術とも深く交わっているとも語っている。働くとは、科学が行っているような理性的な世界の探究であり、芸術において行われているように感情を育て、身体と魂をつなぎ止める営みだと彼女は考えている。働くことによって人は、美と深く結びつく。仕事する者の姿には美しいと感じさせる何かがある、それは工場での労働のなかで見出した彼女の確信でもあった。

人は、この世の生が終わるまで「働く」ことができる。むしろ、働かざるを得ない。それは避けがたい宿命でもあるが、私たちの朽ちることのない尊厳の証《あか》しでもある。人は、何も生産することがなくても「働いて」いる。

そうでなければ、末期《まつご》の、言葉を語ることすらできなくなった人の姿から受け取る、あの力に満ちた生のバトンの意味を、どう説明することができるというのだろう。

未知なる徳

よい仕事をするには、自己の能力を高めるだけでは足りない。自分をねぎらい、いたわることを忘れてはならない。それが労働という言葉の本当の意味だろう。「労わる」と書いて「いたわる」と読み、「労う」と書いて「ねぎらう」と読む。

仕事はいつも他者との間に生まれる。働くとは、他者と共に生きていくことである。いたわりとねぎらいが、自己だけでなく他者にも向けられなくてはならないことを、「労働」という言葉は教えてくれる。

そう考えると当然のようにも思われるが、仕事の規模ではなく質を大切にする人は、同様のことを大切にする仲間の近くにいる。ひたすら規模を求める人にとっての目的は量的な成果だが、仕事の質を愛する人は道程を大切にする。この差が何を意味するのか、「仕事」を「人生」に替えてみれば一目瞭然だろう。

働くとは何かを考えるなら、書店にあふれる新しい本だけではなく古い、特に哲学や思想書を読むとよいと思う。現代人は、どう働くか、さらにいえばどう効率よく働くかばかりを考えて、働くとは何かを考えてこなかったのかもしれない。

しかし哲学の進む道は逆だ。哲学者たちは、どう働くかではなく、働くとは何かを考える。内村鑑三（一八六一～一九三〇）の『代表的日本人』もそうした好著の一つだ。

著者は、時代も職業も生まれも異なる五人の人物の生涯を描き出し、それぞれの人間の生涯に秘められた意味を解き明かそうとする。この本を内村は英語で書き、日本人にではなく、広く世界に知らせようとした。

最初に登場するのは西郷隆盛で、ここで内村は無私とは何かを問う。最後は日蓮で、彼の生涯を見ながら使命とは何かを論じた。そのうちの一人、米沢藩の藩主であり、貧に襲われたこの藩の体制を抜本的に改革した上杉鷹山《うえすぎようざん》（一七五一～一八二二）にふれ、次のような言葉を記している。

あらゆる人々のなかで、鷹山ほど、欠点も弱点も数え上げることの難しい人物はありません。鷹山自身が、どの鷹山伝の作者にもまして、自分の欠点と弱点とを知っていたからであります。鷹山は文字どおりの一人の人間でありました。弱い人間であったからこそ、藩主の地位に就くとき、誓詞《せいし》を神に献じたのであります。

（鈴木範久訳）

改革に従事しようとするとき、鷹山はまず、自らの欠点を洗い出しただけでなく、それを誓いの言葉として神々を前に語った。

欠点を神々の前に捧げるとは奇妙に感じられるかもしれない。だが、そうすることで鷹山は、短所を深く自覚し、それを補ってくれる他者の存在に敬意を払うのを忘れまいとしたのだった。

短所を自覚した人間の心には、自ずと敬虔な心情が生まれる。鷹山はそれを神々に捧げたいと願った。何かができるという高慢な思いではなく、非力であることの自覚を供物にしたのである。

ここでの「神々」は、天界にいる不可視な住人たちを指すだけではない。有形無形に自己を支えてくれる藩にいる市井《しせい》の者たちのことでもあるのだろう。

仕事をしていて確かに感じられるのは、信頼できる人物とは、成功を誇る人よりも、鷹山のように挫折を経てゆっくり歩こうとしている人であるということだ。そういう人たちは人間が何かを誇るときの愚かさと同時に、本当の意味で立ち上がることの意味を知っている。立ち上がった経験を持つ者は、ひとたび転んだことのある者だけだからである。

鷹山の改革によって「全藩あげても五両の金を工面できなかった」財政も「一声で一万両も集めることができるように」なり、民衆の生活も大きく変わった。鷹山にとって富は、「常に徳の結果であり、両者〔徳と富〕は木と実との相互の関係と同じ」であると感じられていた、とも内村は書いている。仕事とは内なる「徳」を目覚めさせることだというのだろう。別ないい方をすれば内なる「徳」にふれることがなければ、どれほど大きな仕事をしても虚しいと彼は考えている。

ここでの「徳」とは、真実なるものを希求し、それにふれようとする内心の働きである。さらにいえば、自身のうちに在るのを感じつつ未だはっきりとはふれ得ていない、生きることの秘義、すなわち生の隠された意味だともいえる。

儒教では、仁、義、礼、智、信の五つの「徳」を説く。「仁」は、他者を慮《おもんぱか》る心、「義」は、正しい行いをすること、「礼」は、大いなるものへの敬虔であり、他者への礼節。「智」は、世の理《ことわり》を智《さと》り、叡智《えいち》を宿していること、「信」は、信頼されるべき人間であることを指す。

これらを十分に身につけることはきわめて困難である。しかし、難しいということが分かればよいのではないだろうか。難しいと感じるのは、真にそれを試みたときであるのは、人生を真剣に生きた者であれば誰もが知っている。

誤解を恐れずにいえば、私たちは、「問題」と向き合うために働いているのかもしれない。ここでの「問題」とは必ずしも仕事上のトラブルを意味しない。それは日常のときどきに湧き上がる人生からの問いである。

ある時期まで、人生は問うだけの厳しい教師のように思われた。しかし、今は少し違う。分からない、と正直に思いさえすれば、人生は微かな光で道を照らし出してくれるようにも感じられる。そして光は、無音の声でこう語りかけるのである。あまり速く歩いてはならない。大事なものを見過ごすことになる。お前が失敗と呼ぶ出来事のなかに人生からの呼びかけが含まれているのを、聞き逃すことになる。

働いていれば、つらいと感じることは幾度もある。だが振り返ってみると、そうした苦痛の経験が新しい何かへと導いてくれることは珍しくない。そうした試練のとき、私たちは期せずして、未知なる徳にふれているのではないだろうか。

書けない日々

どこを探しても、心の闇を照らし出す言葉が見つからない。そう感じたら、外に言葉を探すのをやめて、自分で言葉を紡げばよい。何をどう書くかなど考えず、ただペンを持って紙に向かう。あるいはキーボードを引きよせ、まっ白な画面に向き合う。人は単に考えを書くのではなく、むしろ書いてみてはじめて、自分が何を考えているのかを知るのである。

何か文章を書きたい、そんな衝動が湧き上がることは誰にでもある。でも、なかなか思うようにはいかない。もがき、悩み、苦しむ。やはり書けない。そうしているうちに、書くべきことなどなかったのだ、と思い込んでペンを手放す。一般論ではない。私の経験である。大学を卒業してから、そうした日々を十五年以上も過ごしていた。

しかしよく考えてみれば分かることだが、書くべきことがなければ人は書けないとくやしがることもないのである。だから、書けない、そう感じ得た瞬間が書くことの始まりの合図になる。

思うように書けないのは、言葉を扱うのに慣れていないだけかもしれない。それなら問題はさほど深刻ではない。新しい靴に足を慣らすように、少し時間をかけて言葉との生活を作り直していけばいい。

しかし、もし内なる想いが言葉で表現できることの範囲を超えているのだとしたら、まったく異なる対処が必要である。

人はしばしば、言葉では容易に表現し得ないことを書きたいと思ったりもする。むしろ、そうした思いに心が満たされたとき、書きたいと感じる。書くという営みが本当に起こるとき、それはもともと不可能な出来事への、無謀ともいうべき挑戦なのかもしれない。
近代ヨーロッパを代表する詩人の一人、ライナー・マリア・リルケ（一八七五〜一九二六）は、私たちが切実に希求する何ものかはそもそも、言葉の世界の奥で、言葉が容易に届かない場所で生起していると考えていた。そのことをめぐって彼は、これから本格的に詩を書きたいと語る若者へ宛てた書簡で、次のように語っている。

物事はすべてそんなに容易に摑《つか》めるものでも言えるものでもありません、ともすれば世人はそのように思い込ませたがるものですけれども。たいていの出来事は口に出して言えないものです、全然言葉などの踏み込んだことのない領域で行われるものです。それにまた芸術作品ほど言語に絶したものはありません、それは秘密に満ちた存在で、その生命は、過ぎ去る我々の生命のそばにあって、永続するものなのです。

（『若き詩人への手紙』高安国世訳）

リルケがいうように、私たちが希求する「秘密に満ちた存在」がもともと自らの生命に寄り添っているなら、それを自分以外の場所に探そうとしても見つからないのは当然だろう。美の源泉は確かに存在する。しかし、それは土に埋まった水脈を掘り当てる営みにも似ていて、そう簡単にはいかない。ただ水脈は私たちの足もとにある。

だが別なところから見ると、書けないという実感は、容易に言葉にならない豊饒《ほうじょう》な何ものかを発見しつつある兆しだともいえる。だから、書けない現実に正面から向き合うことこそが、新たに「書く」ことの始まりになる。

うまいと感じる文章は確かにある。だが、それをもう少し微細に感じ直してみると、そこには、「うまい」とだけいって終わりにすることのできない何かがあることに気が付く。それは、ほかでは見ることのできない掛けがえのないものかもしれないし、幽玄《ゆうげん》で、優雅であるのかもしれない。そうした言葉を紡ぐことができる者は限られているが存在する。私たちの書くものが、「うまい」文章でなくてはならない理由など、どこにもない。美は、無数の顔を持つのである。

民藝という言葉がある。「民衆的工藝」の略語で、宗教哲学者柳宗悦《やなぎむねよし》（一八八九〜一九六一）が仲間たちと一九二五年に生み出した新しい言葉である。民藝はもともと、「下手《げて》もの」と呼ばれていた。「上手《じょうて》もの」は世に芸術家とされている人の作品で、「下手もの」は、無名の陶工らによって作られた日常生活で用いる雑器を指す。「下手もの」にこそ真の美が宿っている、と柳はいった。「上手もの」は造られた美だが、「下手もの」は、自ずと生まれた美であるとも語った。

日常をそっと支えてくれる器などの日用品にこそ、近代人が見過ごしている美が潜んでいることを柳は発見した。同じことは言葉にもいえる。

華美な文章や流麗な文章など書かなくてもよい。それは人を驚かせるが、私たちの日常には寄り添ってくれない。一見するとまぶしいが、生活の場を息苦しくもする。私たちがどうしても見出さなくてはならないのは、自らの心によって裏打ちされた、古い、しかし本当の言葉である。

愛する人に手紙を書く。しかし、どうしても思いを書くことができないと感じる。それならば、「書けない」と書いてみる。どう書けないのかを書いてみる。思いが真実であれば、一文字も書けないまま終わることはないだろう。こうしたとき人は、自分が相手を思う気持ちではなく、その人の幸福を願う言葉を書き始めるかもしれない。

人が何かを語りたいと切に願うのは、伝えたいことがあるからばかりではなく、伝えきれない何かがあるからではないだろうか。簡単に書けないのは当然だ。むしろ、書けないことに直面しないまま紡がれた言葉が、どうして他者の心の奥に呼びかけることができるだろう。

言葉にならないことに胸が満たされたとき人は、言葉との関係をもっとも深める。文字があるその奥には、言葉にならない呻《うめ》きがある。そう思って誰かの文章を読んでみる。書かれていないはずのことが、まざまざと心に浮かび上がってくるのに驚くだろう。奇妙に聞こえるかもしれないが、言葉とは、永遠に言葉たり得ない何ものかの顕現なのである。

苦い言葉

どんな本を読むかも大切なことだが、それよりもまず、読むとは何かを考えることはいっそう重要なのではないだろうか。

どう読むかという問題も、読むとは何かを実感することに比べたら、二義的な事柄に過ぎない。

現代人である私たちは、何を、あるいはどう、ということばかりに思いをめぐらせて、読むという営みがどれほど実践できているかを、ほとんど顧みなくなってしまっている。

たくさんの本を読んでいる人が、よく読んでいるとは限らない。ある本の概略をとらえるということが、本と深く交わることであるともいえない。

このことは「読む」を「生きる」あるいは「愛する」に、「本」を「人生」に替えてみれば、いっそうよく分かるだろう。

世の中には無数の人がいるように、無数の本がある。それらのすべてと知り合うことも、すべてを読むこともできない。そもそもそうしたことは必要がない。多くの人と交わりながらも、愛するとはどういう行為かを真剣に考えたことのない者が、どうして人を大切に思うことができるだろう。

誰しも人を好きになることはできる。好きになった人を追い回すこともできる。しかし、その人を愛することは容易ではない。好きになることは一人でもできるが、愛するという営みには一方的な感情だけでは埋め尽くせない場所がある。

本との関係も同じだ。愛読という言葉がある。書物を愛するとは、自分の都合のよいようにそれを用いることではない。記されていることのすべては分からないながらも長く付き合う。そんな関係が生まれるところに幸福が宿るのも人間との関係に似ている。

確かに、読むとは何かを考えてみるのは厄介なことである。そんなことはやめて、とにかく本を読んでいればよい、という意見もあるだろう。だが、面倒だと思われるところに人生の大事を決定するものが潜んでいるのも事実である。

読むとは、書物という畑から言葉を摘み、食することである。比喩ではない。だから、同じ書物を読んでもそこから得るものは当然違ってくる。私たちは同じ食物を食べても同様にそこから栄養を受け取っているわけではない。またくり返し読むとは、書物という畑に何度も鍬《くわ》を入れ、耕すのにも似ている。

どの世界にも権威はいる。そうした人物の定説にしたがって書物を読む。そうすれば確かに誤ることはない。しかし、権威とは学問の世界での立場にすぎず、その説が私たちの人生の現場で必ずしも有効であるとは限らない。

学術書は正しく読むのがよいのかもしれない。しかし、「生命の書はかくあるべきでない。読み手の力で何とでも読まれるべきだ」と仏教哲学者鈴木大拙（一八七〇〜

一九六六）は書いている。大切なのは「正しく」読もうと努力することではない。生けるものとして言葉に向き合うことだというのである。

生命ある書物のみが後人のために限りなき生命の源を供給し、彼等をして各自にその力に応じて汲みとらしめる。

（「随筆　禅」『鈴木大拙全集』第十九巻）

生きている書物は、読む者のいのちに火を灯し、個々の人間に応じて必要なものを惜しみなく与えるというのである。書物は動かない。しかし、生きている。それが大拙の確信だった。

そうなると、言葉を「食べる」というのも単なる喩《たと》えではなくなる。だが、まだ問題は続く。そう書いても現代人は食べることに慣れ過ぎて、食べるとは何かを考えるのを忘れ、何を食べるかに想いをめぐらせてばかりいるからだ。

食べ物が胃に入るだけで消化されなければ、それは本当の意味で食べたことにならない。食べ物を咀嚼《そしゃく》し、消化され、栄養素になって全身に行きわたらなければ私たちの心身を養うことにはつながらない。さらに言葉の場合、消化されるのに数十年の歳月を要する場合もある。

言葉を噛みしめるという日常的な表現も、言葉と食べることの間にある、強いつながりを暗示している。

食べ物をたくさん食べればよいわけではないように、本も多く読むだけでは十分でない。また、読みやすい本ばかりを読む、それは不必要にやわらかい食べ物を食べ続けるのと同じである。次第に胃が弱って、通常の食べ物も消化できなくなるように、私たちの精神も考える力を失うようになる。あまりに偏ったものばかりを食べていると体調を害《そこな》うように、私たちの精神も光を見失うことがある。

「良薬口に苦し」とことわざにもあるように、言葉は薬草を摂《と》るときのように、必要であれば口に苦くても飲み続けなくてはならない。さらに、私たちは同じ薬草を何年にもわたって用いることもある。同じ薬草でも、その働きは日々新たに感じられる。

心を揺るがす言葉との関係も同じだ。それはいつ読んでも新しい。それを一度で分かったような気になって顧みないのは、漢方薬を一日で止めるようで何とももったいない。

世の中には毒のある言葉もある。だが毒は、あるときには薬にもなる。むしろ東西を問わず医療の現場では、深刻な病の場合、通常時は毒であるものを薬として用いてきた歴史がある。

春になると苦味を含んだ植物が現れる。その成分が、冬のうちにたまったものを体内から排出する手助けをしてくれる。言葉との出会いもそれに似ている。苦い言葉に出会ったとき、冬は終わり、春の訪れが告げられているのである。

言葉を紡ぐ

ここでは、見栄えはいいが心には届かない文字を「記号」と書き、生きた言葉を「言葉」と記すことにする。さらに記号で埋められたものを「文面」、言葉で紡がれたものを「文章」と表現することにする。

心に届かない言葉は珍しくない。現代は意識を攪乱《かくらん》するが、心にはまったくふれることのない情報であふれている。私たちはそうした言葉を摂り入れることを「読む」ことだと思い込んでいる。

また、書くとは何かを実感する、それは文章作成の技法を勉強する先にあるとは限らない。勉強すれば、確かに文面は整えられるようになる。だが、そこに生きた言葉はなかなか浮かび上がってこない。別ないい方をすれば、「書く」とは何かを見極めようとすることは、言葉とは何かを考えてみる試みだともいえる。

技法を習えばうまくなりたいと思うのは自然なことだが、こうした学びと広義の文学の深まりとはまったく関係がない。また言葉に関していえば、技法を習うことがその人の精神の働きを自由にするとも限らないように思う。「広義の」文学というのは、小説や詩、批評といった定まった形式でなくても、手紙や日記、あるいは余白に記しただなぐり書きでも、そこに刻まれた言葉が生きていれば十分に文学たり得るからだ。

そこには作品ではないものもあるのではないか、というかもしれない。だが文学は必ずしも作品である必要はない。無名の人の書いた手紙のなかにも文学はある。生きた言葉があればそれでよい。技術は未熟なままでも、文学は生まれ得る。むしろ、技法が文学のいのちを封じ込めることすらある。

誰かに習った文章は、自ずと教えた人のそれに似てくる。教えた人が正しいと考えている技を身につけても、そのことで私たちの心が何かを語り始めるとは限らない。もし誰が書いても「うまく」見える方法があるとしても、それは文面が整っているだけで、書き手が心で捺《お》した刻印もなく、すでに生きたものと呼ぶには値しない。本当に感じていることを言葉にしてみたいのか。あるいは、実感は伴わないが見た目にきれいであればそれでよいのか。私たちは選ぶことができる。

心を裸にすることさえできれば人は誰でも、けっして他者には真似できない切実な言葉を紡ぎ始める。私たちが書かなくてはならないのは、誰かに評価されるような記号の羅列ではなく、自分をも驚かせる生ける言葉なのではないだろうか。

だが、心にあるものを書こうとしても、きっとうまくいかない。むしろ人は、書くことによって心に何があるのかを知るからだ。

書くという営みは、切実な出来事を言葉によって顕《あら》わそうとすることであるが同時に、自分にとって何が切実かを思い出す行為でもある。私たちが磨かなくてはならないのは書く技術ではなく、自らの心を見つめる静寂のひとときを日常に準備することなのではないだろうか。

言葉の働きは質的なものだから、静謐《せいひつ》の時間は長くなくてよい。一瞬でもかまわない。ただ言葉を、思いを表現する道具であるかのように考える態度から少し離れて、言葉が自ずと語り始める小さな場所を準備すればそれで充分なのである。

十九世紀アメリカの詩人で小説家でもあったエドガー・アラン・ポー（一八〇九―一八四九）という人物がいる。彼は、書き得ない思いにこそ真実が宿っていることを知る人だった。それればかりか、世に隠れている言葉に不可能を可能にする力が宿っているのを幾たびも目にしていた。「赤裸の心」と題する一文でポーは、そうした言葉の力をまざまざと語っている。「人類の思想、常識、感情を、一気にひっくり返そうという野心のある者がいるなら、それは容易に実行することができる」と述べ、書くという営為に潜む働きをこう記している。

――〔そのためには〕小さな一冊の本を書けばよいのである。その題名は「赤裸の心」

である。本の中身は、題名のとおりでなくてはならない。〔中略〕しかし、それを実践する勇気をもった者はこれまでいなかった。勇気があったとしても、それを書くことができないのである。試みてみるがよい。紙は灼熱したペンにふれ、燃え上がり、消え去ってしまうだろう。

この一節は、『マルジナリア』と題する著作にある。「マルジナリア marginalia」とは、本の余白に記す書き込みを指す。本の余白などにふと記す、そんなときにこそ、無私なる人生の洞察が宿ることを、ポーは熟知している。

矛盾するように聞こえるかもしれないが、何かを書きたいと願うなら、まず心に言葉にならないものを宿さなくてはならない。そして、その種子を静かに育て、心のうちで芽吹かせなくてはならない。

書くとは、語り得ないものの種子を、ひとり、育てていくことだともいえる。

読まない本

二〇一二年に父が亡くなった。とにかく本が好きな人で、読むことを楽しむのはもちろん、買うことにも強い熱情を持ち続けた。郷里の家には今も、じつに多くの書物が整然と並んでいる。

熱情というのは比喩ではない。晩年、目が悪くなり活字を追うのに不自由を感じるようになっても、本を買う勢いは止まらなかった。

ほとんど本を読めなくなってからも父は、毎月数万円分の本を買っていた。私を含め、兄弟三人で毎月仕送りをしていたくらいなので、家計に余裕があったわけではない。むしろ、少し節約をしなければならない状況であることも父は知っていたのである。

読めない本を買う。それもじつに多く購入する。そう聞くと、なんて無駄なことをするのだろうと思われるかもしれない。私も、ある時期までそう感じていた。

あるとき家族で相談をして、父に本を買うのを止めてはどうか、と提案してみることになった。その役割は末の息子である私に回ってきた。父の、本への熱情をもっとも強く受け継いでいるのは、兄弟のなかで間違いなく私だったからだ。

本好きに本を買うなというのは、食べ物を食べるな、というのに似ている。説得は難航した。父と話しながら意識下では、同じ状況だったら自分も同様の行動をするのではないかと、うっすら思ったのを覚えている。しかし、数冊ならともかく、読めない本を家計に負担になるほど買うなどどうかしている、と思い直して説得を続けた。

こちらの思いが受け入れられるわけがなかった。父は理由にもならないことを話していたが、こちらが引くしかなかった。のっぴきならない何かがあるのはよくわかったからである。

郷里で父と話してからほどなく、会社の同僚にこのことを話した。父への不満も必要以上に口にした。

しかし、話しながらしきりに、誰かに話しているのは事の大小にかかわらず、自分のなかでうまく整理できていない事象なのだ、話すことで自らの気持ちを確かめるのである、と河合隼雄が書いていたのを思い出したりしていた。

すると黙って聞いていた同僚が、ぽつりと「読めない本は、読める本より大事なのかもしれない」といった。読めない本を買うときの方が、読みたいと思う気持ちが強いのではないか、というのである。

このときの衝撃を忘れることができない。読書観ばかりか、世にある物との関係にも大きな変化をもたらす経験となった。

確かに本は、読む者のためだけに存在しているのではない。むしろ、それを読んでみたいと願う者のものである。通読しなくてはならない、という決まりがあるわけでもない。書物自体を愛しく感じることができるなら、またそこに一つの言葉を見出すことができれば、それだけでも手に取った意味は十分にある。

人は、いつか読みたいと願いながら読むことができない本からも影響を受ける。そこに記されている内容からではない。その存在からである。私たちは、読めない本との間にも無言の対話を続けている。それは会い、話したいと願う人にも似て、その存在を遠くに感じながら、ふさわしい時機の到来を待っている。

また、一つの言葉にも人間の人生を変えるに十分な力が秘められている。書き手の仕事はむしろ、生涯を費やして一つの言葉を届けることのようにすら、今は感じる。通読できる時間も体力も残されているとき、人は記されている内容ばかりに目が行って、そうした一語の前を素通りしているのかもしれない。

英文学者で優れた随筆家でもあった福原麟太郎《ふくはらりんたろう》(一八九四〜一九八一)が、『読書と或る人生』と題する自伝的な読書論で読書の喜びにふれ、次のように書いている。

——ねる前まで読んでいて、あとは明日にしようと、残り惜しくも本を閉じ、あ

した の朝を待つ心持で枕につくとか、外から家へ帰ってくるとき、帰ったら、あの本にすぐ取りつこうぜと心に思いながら、電車に乗っている、というようなことは、決して無くはない。私自身の経験にも、そのような時代があった。今から思うと、どんなに貧乏でも、どんなに辛いことがあっても、そういう時にその人は幸福なのである。

この言葉に出会ったのは高校生の頃である。そのときから強く印象に残っていたが、それを深く感じたのは父の没後、彼が遺した書棚の前に立ったときだった。彼の蔵書は言葉とは異なるコトバで何かを語りかけてくるようでもあった。このとき経験した心持ちは今では、私の幸福観を決定する情感にすらなっている。

本を読むことの楽しみだけでなく、書物の奥には人生の多くの時を費やしてもけっして後悔しない豊饒な世界が広がっていることも、私は父から教わった。また本は、読むだけでなくそれを眺め、手にふれ、あるいは心に思い浮かべるだけでも十分な何かであることも教わっていたのである。

父が師であるなどと生前には思いもしなかったが、彼もまた私の文学の師のひとりだったのかもしれない。

今日、私にとって本を読み、書くことは、父と共にでなくては行うことのできない営みであると強く思う。共に、とは喩《たと》えではない。生きている死者である父の助力がなければ文章を書き続けられないことも、今ならはっきりと感じられる。

未知なる父

父の葬儀のとき、私は父を知らない、そう感じた。会場の席を彼が勤めていた会社の人々が埋めているのを見てそう思った。父は仕事の人だった。家庭を顧みないという人ではなかったが、仕事に捧げた時間と情熱はけっして小さくなかった。

だが、考えてみれば私は、父が仕事をしている姿を知らない。私の知っている父は、仕事での疲れを癒そうとしている者の姿をしていた。かつて企業戦士という言葉があったが、私が見ていたのは戦士の休息する様子だけだったという事実を、いまさらのように認識したのである。

容易に癒しがたい日常を、彼が黙って生きていたのは、私を含めた家族の生活を守るためだった。家族がいるから働ける、という側面もあるだろうが、家族のために彼が文字どおり身を削っていたことを、葬儀のときまで十分には感じられていなかった。

生前、私は父と必ずしも良好な関係ではなかった。ことに晩年はそうだった。いがみ合いこそしなかったが、父を疎《うと》ましいと感じることは少なくなかった。父を十分に受け入れることができなかったのである。

不必要なほど会社の状況をいちいち聞いてくる。買いたいものがあるが、入手して送ってくれないかと事務所に連絡してくる。文章を書き始めると、進み具合はどうかとしばしば尋ねてくる。

思ったように筆が進まないときに、次は何のテーマでいつ出るのかと聞かれるだけで、追われるような気持ちに拍車がかかっていらだちが募った。こうしたことが重なっていくと、一つ一つの出来事は大したことがないのに、あるとき突然、耐えがたいと感じるようになる。ひとたび父の希望に応えると、いっそう願いは強くなる。頼られるのは負担だ。甘えるのもほどほどにしてほしい、そう心では思っていた。

しかし今は、そう感じた理由が別なところにあるのが、はっきりと分かる。父の申し出が煩《わずら》わしいよりもまず、彼の要望に応える自信がなかったに過ぎない。彼は私に頼っていたのではない。むしろ、自らの経験を踏まえ、私の役に立とうとしていたのだった。

会社の業績を聞くのも、結果が悪くても過度に心配してはならないと伝えたかったのだろうし、書かれたものを誰も読んでくれないと感じることがあっても確かに自分だけは読んでいる、千の眼をもって読んでいる、だから思うように書けばよい、そう励ましたかったのだと、今は思う。

確かに書き手は一人の読者がいれば書き続けることができる。私はそのかけがえのない読者の存在に気が付かなかった。亡くなった今日なら、手に取るように感じられる彼の念《おも》いを、当時はまるで分からなかった。

仕事には自分で努力できる場面もあるが、それが及ばず、静観しなくてはならない局面もある。雪山で吹雪に遭う。近くの洞窟で雪が降りやむのを待つのは、もっとも積極的な、また必須の選択になる。仕事でも同質の出来事はある。いたずらに動けば大きな損失、あるいは取り返しのつかない出来事につながることだってある。私は、父がそうやって積極的な生を静かに選びとり、毎日を過ごしてきたのを知っていた。しかし、その意味を彼の生前にはちゃんと認識できていなかった。

父は劇作家を目指していた時期がある。文章を書くのも嫌いではなかった。晩年は、目が悪いのにもかかわらず、仕事の鉄則のような言葉を私に書き送ってきていた。父は、頼まれてさまざまなところで講演をしていた。ある時期はそれで生計を立てられるほどの頻度だったと本人から聞いたことがある。

川端康成が自身の境涯にふれ、何かが世に行われるには三世代の蓄積が必要となる、と述べていたが、事実なのかもしれない。

母方の祖父は、工業の会社を経営していたが、もともとは文学部を卒業した人で読書を愛した人だった。晩年はシルクロードの研究に多くの時間を費やしていた。いつかその成果を活字にすることがひそかな夢だったのではないかと思う。

この祖父が、義理の息子である私の父を愛した。父は七歳のときに実父を喪《うしな》っているから、彼も祖父から得たものが小さくなかったのだろう。今、こうして文章を書きつつ私が仲間と会社を営み続けているのも、祖父や父からの影響が強く作用しているに違いない。

近しい先人である彼らを胸に感じると、宮澤賢治（一八九六〜一九三三）の言葉が浮かび上がってくる。生前、賢治は詩集を一冊しか出していない。彼はそれを「詩集」と呼ぶのを嫌い、「心象スケッチ」と呼んだ。本の題名は『春と修羅』という。その序は次の一節から始まる。

わたくしといふ現象は
仮定された有機交流電燈の

ひとつの青い照明です
(あらゆる透明な幽霊の複合体)
風景やみんなといつしよに
せはしくせはしく明滅しながら
いかにもたしかにともりつづける
因果交流電燈の
ひとつの青い照明です

「わたくし」とは誰か、「わたくし」はどこにいるのか、そう考えていく。すると、「わたくし」という「電燈」が灯り続けているのは、さまざまなところから流れ込む「電流」によってであることに気が付く。

その電流は、生きている者たちからやってくるとは限らない。むしろ、死者たちから豊かに注がれる、そう賢治はいうのである。

痛みの意味

言葉は、勉強すればいくらでも覚えることができる。だがそれを生きようと思うなら、いくら頭だけを使っても難しい。人生がそっと言葉を差し出すまで待たなくてはならない。むしろ生きるとは、時を費やして人生が導いてくれる言葉の意味を深く感じてみることではないだろうか。

二十世紀を代表する哲学者の一人アンリ・ベルクソン（一八五九〜一九四一）が、待つことの意味にふれ、次のように語っている。

——コップ一杯の砂糖水を作ろうと思う。そうしたとき人は、砂糖が水に溶けるのを待たなくてはならない。

（『思想と動くもの』）

あまりに当たり前なことだが、こうした現象を言葉にするには幾多の試みと長い思索が求められる。また、真の哲学的発見はいつも素朴な、しかし強靱な言葉で語られる、ということもこの一節ははっきりと教えてくれる。別ないい方をすれば、難解な表現に留まっているものは、偽りであるとはいわないまでも未熟な思索の表現なのかも知れない。数学者の岡潔《おかきよし》（一九〇一〜一九七八）が、数学は数によって本当の世界に近づこうとする営みだから、「やればやるほど簡単になるはず」（『一葉舟』）である、と書いているのも同質の実感を語っているのだろう。

哲学とは、世界がどうあるのかを考え、それを個々の人生と重ね合わせようとする試みだから、哲学的な問題を探究するとき、私たちも自らの実感を素朴な表現で語ってかまわない。むしろ、その方がよい。だから、先に見たベルクソンのような一節を自分のノートに書くことができたなら、私たちもまた、豊かな発見をしたことになる。

人生は、いくつかの言葉によって問いかけてくる。私の場合、「失う」もそうした言葉の一つだった。振り返ってみると人生の転機と呼ぶべき出来事は、何かを失ったときに起こったようにも感じられる。

人は、失うことを怖れる。金銭や物、地位あるいは仕事など、それらのすべてではなく、たとえ一部であったとしても、消失することに怖れを抱きつつ生活している。得てして、恐怖ばかりに身をよせていると人は、目の前にある事象の奥に潜むものが見えなくなる。だが、私の場合、失うことによって、自らに与えられているものをいっそうはっきりと認識することができたように思う。

失敗の多い人生だからかもしれない。会社勤めをしていた十余年間で、もっとも貴重な経験は何かと問われれば、迷わず降格だと答える。職位を、給与をさらには信頼を失う経験だったが、見方を変えるとそれでもなお、失われ得ないものがあることの発見だったようにも思われる。

昇格しているとき人は、見えないところで誰かが自分を助けてくれていることになかなか気が付かない。降格したとき人は、そのことだけを痛いほどに思い知らされる。人生の道で躓《つまず》き、転ぶ。しかし、そうやって顔に擦り傷を負った者だけが、暗闇から見上げる、まばゆい光の目撃者となる。

転んでみなければ、真に立ち上がることの意味は分からない。私たちは意図して転ぶことはできない。それらしい行為は可能だが、それはここでいう「転ぶ」ではない。転ぶとは、私たちが進もうとするときに人生が、ある力を持ってそれを留まらせることにほかならない。

その会社を辞め、二〇〇二年に現在の薬草を商う会社を起業した。今年で十五年目になる。三年前に事件が起こった。資本金の三倍ほどの資産と年間の三割強にあたる売上を失ったのである。

それまで何ら問題なく販売できていたある植物の効能が高いために、法律が変えられ、販売可能な食品から認可がなくては取り扱うことのできない医薬品へと、区分が変わったのである。もちろん在庫は捨てなくてはならない。背筋が凍るとは、こうしたときのことをいうのだろう。

口に出さないまでも会社の誰もが皆、大きな不安のなかにいたに違いない。しかし誰もそれを公然と言葉にする人はいなかった。やらなくてはならないことを皆で淡々とやった。無駄を減らし、それまでよりもいっそうよくコミュニケーションを取るようになり、それぞれが新しいことに挑戦した。三年経って会社は、業績が回復したというよりも、まったく新しい共同体に生まれかわっていた。

失う経験は、ある痛みを伴う。肉体においてもそうであるように痛みは、そこに治癒されなくてはならない何かがあることを教えてくれる。

痛みは少ない方がよいと私は思う。だが痛みを感じることがなければ、私たちは傷を手当てしようとはしない。目の前にいる大切な人が、どれほどかけがえのない存在なのかを認識できないこともある。

生涯に何度か経験しなくてはならない生の痛みは、私たちにとって恐怖の対象であるよりも人生の導き手なのかもしれない。

痛むとき、私たちはこれまでにないほど真剣に、何ものかに向かって祈り始める。そうしたとき、いかに生きるかではなく、いかに生かされているかを考え始めるのではないだろうか。

かつては、人は悲しいときに泣くものだと思っていた。だが、今はそうとばかりは考えない。悲しみが極まったとき人は、泣くことすらできなくなる。「顔で笑って、心で泣く」という表現もある。心を流れる涙は目に見えない。

一方、頬をつたう涙を流すのは、悲しみからの回復のしるしとなることもあるように感じられる。涙は、悲しみの発露であるだけでなく、嘆きで渇いた心を潤す生命の水ではないかとも思う。

泣くといってもさまざまな泣きようがある。感動に打ちふるえて泣く様子は「感《かん》泣《きゅう》」という。悲しみのうちに泣くのは「悲泣」、大きな声で泣くのは「号泣」、さらには雨が降ることは天が「泣く」ことであると考え「天泣」という表現さえある。辞書を引くと雲の見えないにわか雨を指すと記されているが、この文字に込められている思いはそれだけではないだろう。雨が降るほどに涙を流さなくては収まらない悲しみを経験した者が命名したに違いない、と私は思う。

「泣く」という文字とは別に「哭《な》く」と書くこともある。全身で泣くことを慟哭《どうこく》という。「慟」は、意味も音も「悼《いたむ》」という文字に近く、悲しみのあまり全身が震えるさまを指す。

一方、「哭」は、心の底から泣くことを意味するが、「犬」の文字が組み込まれているように、人間の証しである言語が奪われるほど激しく泣く様子であることが示されている。ここには、動物のように言葉にならない消え入りそうな声ですすり泣くことも含まれているのかもしれない。

「泉」と題する茨木のり子（一九二六～二〇〇六）の遺稿がある。没後に出版された詩集『歳月』に収められている。そこで彼女は、慟哭の果てに涙が涸れるさまをこう記している。「あなた」と茨木が呼ぶのは、彼女の、先立った伴侶である。

わたしのなかで
溢れていた
泉のようなものは
あなたが息絶えたとき　いっぺんに噴きあげて
今はもう枯れ枯れ　だからもう　涙一滴こぼれない

慟哭する者の目からはすでに涙すら奪われている、と彼女は謳《うた》う。ここで描かれているのは涙なき慟哭だといってもよいのかもしれない。涙は見えない。だが「慟」の文字があるようにその者の魂は激しいまでに揺れ動いている。「喪」という文字には、「哭」と、亡き者、死者を意味する「亡」の二つの文字が折り重なっている。だから喪《うしな》うとは、単に誰かが亡くなったという過去の出来事を示す文字ではない。そのことのために悲しみ、心が破れそうになるまで哭き続けている様子が表されている。

また、「喪」は「喪《も》」とも読む。喪に服す、服喪とはもともと儒教のしきたりで期間は三年、その間は、あらゆる社会的な活動を差し控え、さらには必要以上の会話すら行うべきではないとされた。

今となっては古風で、すでに時代遅れな風習に思われるかもしれない。だが、「喪」の言葉の成り立ちにたちかえってみると、必ずしもそうとはいえない。

もし三年の間、語る言葉を失い、泣き暮らさねばならなかったとしても、何も奇異に感じる必要はない、と喪の伝統は語っているのである。むしろそれが自然なことであり、その間に人は、言葉を超えて何ものかに呼びかけ得ることを学ぶ、というのだろう。

儒教の聖典である『論語』には、「五十にして天命を知る」と記されている。人は五十歳になると自らに与えられていた人生の問いに気が付く、と孔子は語った。

この言葉に導かれて生み出された「知命」と題する茨木のり子の詩があって、その終わりには次のような一節がある。

ある日　卒然と悟らされる
もしかしたら　たぶんそう
沢山のやさしい手が添えられたのだ

一人で処理してきたと思っている
わたくしの幾つかの結節点にも
今日までそれと気づかせぬほどのさりげなさで

（『自分の感受性くらい』）

夫を喪ったのは彼女が四十九歳のとき、この詩が書かれたのはそれからしばらくしてからである。ここで「やさしい手」と記されているのは、生ける者たちによって差しのべられたものばかりではない。そこには不可視なものたちの見えざる手もある、というのである。

彼女にとって「知命」とは、「喪う」ことの深化と同義だったといってよい。その経験は彼女に、死者と関係を深めるだけでなく、生ける隣人にこれまでよりいっそう深く情愛を注ぐことを促した。

亡き者と生きるとは、死者の方を向いて生きることではないだろう。その見えざる手に支えられながら、ゆっくりと顔を上げ、生ける者たちとの間に失われることのない何ものかを作ろうとすることなのではないだろうか。

「哲学」という言葉を自覚したのは高校時代だった。何とも魅力的な言葉だと感じたのを今でもはっきりと覚えている。哲学とは何であるかを知る前に「哲学」という言葉に魅了されたのである。

こうしたことを単なる憧れに過ぎないと思うこともできる。しかしそれが今日まで続いて、「哲学」と題する本を書くようになってみると、そうとばかりはいえない。

哲学という言葉は、古くから日本にあったわけではない。十九世紀中ごろ西周《にしあまね》（一八二九〜一八九七）という人物によって英語のphilosophyが最初「希哲学」と翻訳され、それがしばらくする間に「哲学」となり、今日に至っている。

高校時代に「倫理」という科目があり、そこで、哲学とは人がいかに生きるのかを考える学問であると習った。また、哲学の父はソクラテス（紀元前四六九頃〜紀元前三九九）で、彼が出現した決定的意味は、それまでの哲学者たちが世界がどう存在しているかを考えていたのに対し、ソクラテスは人はどう生きるべきかを問題にしたと、その頃読まされた参考書のような書物に記されていた。

確かにソクラテス以前の哲学者は、万物の起源を考えたり、世界をあらしめている働きをめぐって思索を繰り広げていた。タレス（紀元前六二四頃〜紀元前五四六頃）という哲学者によれば、万物の根源は水である。ヘラクレイトス（紀元前五四〇頃〜紀元前四八〇頃）は火であると述べ、ピュタゴラス（紀元前五七〇〜紀元前四九六）は数だといった。こうした哲学者のあとにソクラテスが登場し、人はいかによく生きることができるかを語り、哲学に革命的な変化をもたらしたというのである。しかし、高校生の頃からこうした説には強い違和感があった。あまりに「人間的」なのである。

哲学という言葉が苛烈《かれつ》な力を持って若い私を魅了したのは、人間が感じる世界の彼方にある、もう一つの世界をかいま見させてくれると思ったからだった。いかに生きるか、と問うとき行動の中心は人間にある。もし哲学が、いかに生きるかを考えるのに終始するのであれば、あまりにつまらないと思った。

だが、いかに生かされているかと考えるとき、真の主格は人間を超えたものになる。

哲学とは人がいかに生きるかの考察ではなく、いかに生かされているかを見極めることなのではないか、そう思って最初に読んだのが『ソクラテスの弁明』だった。

この書物が生まれたのはおよそ二千四百年前である。翻訳を通じてであってもそれを読めていることが不思議でならなかった。

ページを開くと紀元前三九九年、アテナイの大きな集会場につどった人々のざわめきが聞こえてくる。その感覚は今も変わらない。人々はソクラテスが何を語り始めるのかを固唾《かたず》をのんで待ち構えている。ソクラテスは、世で一番の知恵者であると思われていた。しかし、そうした人間には敵も多い。彼は、神を冒瀆《ぼうとく》し若者たちを迷いの道に引き込むという罪状で訴えられていた。それに対する彼の応答の記録が『ソクラテスの弁明』につづられている。

ある日、カイレポンというソクラテスの友人が巫女のもとへ行き、アテナイでソクラテスに勝る知者がいるかと尋ねる。答えは否だった。神は、ソクラテスこそ当代随一の知恵者だと認めたのだった。

当時、知恵者であることを自称しそれで生計を立てている、「ソフィスト」と呼ばれる人々がいた。彼らは、自分こそが世界の神秘を知りそれと調和する道を知っているといってはばからなかった。だが、ソクラテスの認識は違った。彼は逆に、自分は何事においても知り尽くすことはできない。むしろ、自分は何も知らない無知な者であることを知っている、と語ったのだった。そうしたソクラテスの態度を後世の人は「無知の知」と呼んだ。

何も知らないと語る者を神が知恵者だと認めた。それはソフィストたちにしてみれば自らの偽善を証明される出来事にほかならない。ソクラテスを追放しなくてはならない、そう彼らが考えるのは必然だった。
さて、授業で教わったように、ソクラテスは本当に人はいかに生きるべきかを語ったのだろうか。本当のことは何も知らないという人が、どうやっていかに生きるかを他者に説くことができるだろう。知恵はどこから来るのかをめぐってソクラテスはこう語っている。

……諸君よ、神だけが本当の知者なのかもしれない。そして人間の知恵というようなものは、何かもうまるで価値のないものなのだということを、この神託のなかで、神は言おうとしているのかもしれません。そしてそれは、ここにいるこのソクラテスのことを言っているように見えるのですが、わたしの名前は、つけたしに用いているだけのようです。つまりわたしを一例にとって、人間たちよ、おまえたちのうちで、いちばん知恵のある者というのは、誰でもソクラテスのように、自分は知恵に対しては、実際は何の値うちもないものなのだということを知った者が、それなのだと、言おうとしているようなものです。

（田中美知太郎訳）

もしソクラテスが、いかに生きるべきかを説いたのだとしたら、彼もまたソフィストの一人に過ぎなかった。それでも人気があり、多少の嫉妬を生むことがあっても命を脅かされるような恨みを抱かれるには至らなかったはずである。彼がまずとらえたのは、人間の問題ではなく、彼が「知恵」と呼ぶ神の働きがいかに世界で働いているかという理《ことわり》だった。その上で彼は、それに人間がどう応え得るか、を考えたのである。

philosophy の原語 philosophia は philo（愛する）と sophia（叡知／知恵）から成っている。哲学とは世界を解釈することではなく、どこまでも神の働きを愛そうとする営みであることをこの一語の成り立ちは教えてくれる。

神の働きを愛するとは、生かされている実感を語ることにほかならない。それは特別な知識や経験がなくても、今、ここで、万人が行い得る営みではないだろうか。真理がすべての人に開かれているように、哲学の門もまた誰にでも開かれている。それが、ソクラテスの考えた「哲学」の姿だったように思われる。

色をいただく

染織家という職業がある。植物由来の染料で糸を染め、着物などを織る者の呼び名である。

日本における染織の歴史は古い。八世紀飛鳥時代にはすでに、今日をはるかに超える技芸が完成されていた。現代を代表する染織家の一人である志村ふくみ（一九二四〜）は、かつて染織が持っていた意味をめぐって次のように書いたことがある。

古代の人々は強い木霊の宿る草木を薬草として用い、その薬草で染めた衣服をまとって、悪霊から身を守った。まず火に誠を尽し、よい土、よい金気、素直な水をもって、命ある美しい色を染めた。すなわち、よい染色は、木、火、土、金、水の五行の内にあり、いずれも天地の根源より色の命をいただいたというわけである。

（『色を奏でる』）

染織は単に日常生活を豊かにする営みではなく、自然に宿っている神々の力を借りて、悪しき者から人間の魂を守護するために行われた。色は身体と魂の護符である、というのだろう。

志村ふくみの仕事は、染織の歴史において革命的な出来事となった。彼女は現代において、染織を再び人間と人間を超え出るものとの間で行われる出来事へと立ち戻らせた。彼女の師は「民藝」を発見した柳宗悦である。柳は、人が作る美しいものを広く「工藝」と呼ぶ。ここには器や着物だけでなく絵も含まれる。だが彼は「工藝」を二つに峻別《しゅんべつ》した。

一つは、名のある者によって作られる「美藝《びげい》」、そして無名の者によって作られる「民藝」である。彼は民藝により高次の美があるといい、民藝の優位を語って一歩たりとも引かなかった。それればかりか「美藝」を未熟なものであるとして退けた。柳にとって民藝は、単に人間が制作したものではなく、人間を超えた何ものかから遣わされた美の化身だった。

志村の母、小野豊《おのとよ》は柳の弟子であり、同じく染織家だった。ある人生の試練に出会ったことを契機にして志村は、母の仕事を継ぐ決意をする。彼女の登場は鮮烈だった。「秋霞」と題する着物が展覧会に出ると周囲は一斉に注目し、その姿、色、構図、さらにはあふれんばかりの詩情に驚いた。一九五八年に第五回日本伝統工芸展に出品、奨励賞を受賞する。

このことで彼女の存在は一気に知られることになった。しかしその一方で、このことに烈しいまでの憤りを露《あら》わにしたのが柳だった。志村が自らの名前を冠した作品を世に問うたことが、彼には受け入れることができなかったのである。

「柳先生に破門された、そう思っていた」と志村は私に語ったことがある。彼女はそれほど強く柳に叱責されたのだった。だが、事実は違っていた。柳は民藝と相容れない志村の作品を対外的には認めなかったが、彼女の気が付かないところでその創作を支えた。それを物語る書簡が後年発見されるのである。

民藝は、確かに美しい。また柳が語る民藝論にも、現代人の肥大化した自己顕示欲を諫《いさ》め、美への畏敬をよみがえらせなければならないという、ほとんど悲願に似た思いがある。しかし、柳が美藝と呼んだものに美がまったく宿っていないのではない。民藝の発見によって私たちは、民藝と美藝との統合という問題を引き受けなくてはならなくなった。

先に志村ふくみの存在は革命的だったといった。それは彼女の仕事によって、民藝と美藝が一つになる可能性が開かれたからでもある。名のある者が作っても、そこに民衆の苦しみ、悲しみや情愛が静かに、確かに写し取られ得ることを志村ふくみの仕事は証《あか》ししている。

私たちが彼女の仕事に魅せられるのは、目に美しいからだけではない。彼女の作品は、私たちの胸の底にあって忘れていた、忘れようとしていた苦しみや悲しみを包みこむような何かを感じさせてくれる。彼女が植物から受け取った「色」が、私たちの心の暗がりを静謐《せいひつ》のうちに照らし出すからなのではないだろうか。

先に引いた一節と同じ本で彼女は、「染める」という行いをめぐってこう書いている。

ある人が、こういう色を染めたいと思って、この草木とこの草木をかけ合せてみたが、その色にならなかった　本にかいてあるとおりにしたのに、という。

私は順序が逆だと思う。草木がすでに抱いている色を私たちはいただくのであるから。どんな色が出るか、それは草木まかせである。ただ、私たちは草木のもっている色をできるだけ損なわずにこちら側に宿すのである。

民藝の精神において、もっとも重要なのは、創造という行為から離れることである。人は、人の力だけでは何も作り出すことはできない。その認識を深めることが民藝の作り手たる者に求められる自覚であり、誇りだった。志村は、色を「出す」、色を「作る」とは、いわない。つねに「色をいただく」という。

真の作者は自分とは別な者である。自身はその不可視なものの働きの通路に過ぎない、というのである。

一期一会

読書を愛する人であれば人生のうち何度か、本に呼ばれた、といいたくなるような経験があるのではないだろうか。自分で本を選んだのではなく、書物の方から懐に飛び込んでくる、そんな経験をした人もいるかもしれない。私の場合、志村ふくみの最初の著作『一色一生』がそうした一冊だった。

この本は、書名にあるように染織の世界の深みを描き出したエッセイ集だが、同時に彼女の自伝的な著作でもある。

自伝を書く者の多くは、自分がどのように生きてきたかを語る。ときにどこか誇らしげに語る者も少なくない。だが、彼女の態度はそれとはまったく異なる。そこで描き出されているのは、どう生きてきたかではなく、いかに生かされてきたかなのである。さらにいえば、彼女が浮かび上がらせようとしていたのは、自らの生涯であるよりも目に見えない形で自分を支えている者たちの存在だった。

その一人に画家で、彼女の兄である小野元衛《もとえ》（一九一九～一九四七）がいる。彼は二十八歳の若さで病のため亡くなる。画家として世に知られる前のことだった。

しかし、遺された作品は没後、柳宗悦をはじめとした人々の心を強く動かした。再評価の波は現代にもあり、二〇一二年、二〇一五年にも展覧会が行われている。彼は画家だったが同時に、文字どおりの意味における求道者でもあった。彼にとって画業もまた、美に導かれながら道を進む営みにほかならなかった。病苦は次第に彼から絵を描く力を奪っていった。彼は自らの内なる思いを妹への手紙に書き記す。

ある書簡で彼は、「人間が、どうしたらこの世で矛盾なく、無駄なく、最高の姿で生きぬけるか、という事を明示したものが宗教の本質と思います。例えば一つの事に真実徹すれば、それで宗教の本質にふれているのです」と語った。熾烈《しれつ》という表現があるが、その言葉を思わせる、素朴だが燃えるような一節である。こうした文章は手からだけでは生まれない。彼は目には映らない「血」で書いている。
ここでの「宗教」はもう、特定の宗派を超えている。それは、教祖にも教典にも教学にもよらず、大いなるものからの呼びかけに限りなく近づこうとする孤高な歩みにほかならない。先の言葉のあとに彼はこう続けている。

ですから生やさしいものではないのです。非常に厳しいものです。茶道の一期一会に通ずるものです。一期一会とは、私がこの手紙をかいている時は、一生に唯《ただ》一度かく手紙という事に目ざめて、真剣に真剣に徹して書く事です。今こうして手紙をかく事は一生で唯一度の事です。永遠に立脚して一刻一刻に努力するのです。人間が智慧《ちえ》の最高で生きねばならぬ事、どんな苦しい時も正しい智慧に目ざめて、それにとらわれない心でいれば、必ずどんな難関も突破できるでしょう。愚かであってはならぬのです。

（「兄のこと」『一色一生』）

人はいつも、自分の意識しないところで、二度と繰り返すことのない、ただ一度の言葉を書いている。そればかりかそれが、最後の言葉になることすらある。ここに記されている言葉は、私の書く態度における大きな、根本的な変化を迫るものとなった。

晩年になると小野元衛は、毎日を病の床で送らねばならなかった。絵はもちろん、もうペンを持つこともできなくなる。そうしたとき妹のふくみは、枕元でドストエフスキーの小説を朗読した。そのときの光景を彼女はこう記している。

長く厳しいその年の冬の間中、春のあけるのをひたすらに待ちながら、私は兄の枕辺《まくらべ》で、『カラマゾフの兄弟』をよんで聞かせてあげました。ドストイエフスキイがその生涯かけて求め、意識的にも無意識的にも苦しんだ、神の存在を描くために捧げられたといわれるこの本は、やがて幽明の境を異にするであろう兄の心にどの様にしみわたった事でしょう。

(「兄のこと」『一色一生』)

亡くなろうとする人に経典や祈禱書《きとう》にある言葉を捧げることは、ある。それと同質のことを志村は、ドストエフスキーの作品によって行おうとしている。この言葉ほど私に、文学に秘められた働きを力強く、明らかにしてくれたものはない。

書名となった「一色一生」の「一色」とは、単に一つの色を指す言葉ではない。それはすべての色が帰っていく根源の色、色の源泉を意味する。それをかいま見るために人は、自らの一生を賭さなくてはならない、というのである。

ここでの「色」は、「語《ことば》」に置き換えることもできるだろう。人は、一つの言葉を真に見出すためにその生涯を費やしたとしても、後悔するようなことはない、と私は思う。むしろ、そのために自らの生を賭すことができないとき、大きな悔いを抱くのではないかとすら感じる。

一つの言葉、その真実にふれることが、人が一生を賭して行うに値する営みであることも、この本によって教えられたのである。

黄金のコトバ

かつて、さまざまな物質を調合して「金」を生み出そうとした人々がいた。彼らを錬金術師と呼ぶ。

もちろん、実際に黄金を作り出した人はいない。錬金術師が実在したのは確かだが、彼らが何を行おうとしていたのか、その全貌は今もなお詳細には分からない。

現代で「錬金術」というと、政治家などがどこからともなく金銭をかき集めてくる術のように語られるが、もともとの意味は違った。「金」は物質ですらなく、不可能を可能にする何か、至上の価値を持つ何かの異名だった可能性がきわめて高い。

錬金術の伝統は東洋にも西洋にもあって、今日の化学、ことに医薬品の研究にもつながっている。だが、そうした「物」的な潮流とは別に、錬金術の伝統を、じつに創造的に継承した人物がいた。深層心理学者のユング（一八七五〜一九六一）である。

どうして心理学と錬金術につながりがあるのか、といぶかしく思うかもしれない。ユングも最初はそう思っていた。彼が錬金術を知ったのは心理学の研究を通してではなかった。夢が、彼と錬金術を結びつけたのだった。

『自伝』によると、あるときユングは、錬金術の秘伝が記された書物を読む夢を繰り返し見る。しばらくしてその光景は現実になった。彼はそれまでまったく縁のなかった錬金術の書物に囲まれる日々を送るようになる。

どこからともなく集まってくる書物には、文字だけでなく多くの図像が描かれていた。錬金術師たちは、言語によってではなく絵によって、文字では語り得ない世界の秘密を語り継ごうとしたのだった。このことにふれ、ユングはこう書いている。

——書き言葉では不充分にしか、あるいは全然表現することのできない事柄を、錬金術師たちは絵の中に描き表したのであって、これらの絵の語る言葉はなるほど風変りではあるが、しかし彼らの用いる曖昧模糊とした哲学的諸概念に較べれば却ってよく判る場合が少なくない。

（「初版まえがき」『心理学と錬金術Ⅰ』池田紘一・鎌田道生訳）

言葉だけではすべてを語り尽くすことはできない。この素朴な事実は誰もが感じている。しかし人は、ことに現代人は、言語では語り得ない内なる思いを、いつしか軽んじるようになった。

ここでは、言語とは異なる姿をした意味のうごめきを「コトバ」と呼ぶことにしよう。錬金術師たちは、言語で表し得ない叡知の働きを絵という「コトバ」によって表現しようとしたのである。

錬金術では「賢者の石」と呼ばれるものが用いられる。ユングの本で単に「石《ラピス》」と記されていることもあるように、この「石」は、一見すると目立たない。しかし、きわめて重要な働きを担っているようなのである。

賢者の「石」と呼ばれているが、それが本当に鉱物だったのかも分かっていない。しかし、「石」という表現からは、光り輝く宝石とは対極的な像が思い起こされる。見た目には、どこにでもある路傍《ろぼう》の石のようなイメージも湧く。

もし、錬金術の目的がさまざまなものを用いて永遠なるものを生み出すことであるなら、「賢者の石」は特定の物質ではなく、言語的表現には収まらない意味の結晶のような存在、言葉とは別なもう一つの「コトバ」なのではないだろうか。

錬金術とは、「コトバ」を用いて私たちが日ごと言語で考えている以上の何かを生む行為である、といえるのかもしれない。

相手をどんなに深く思っているかを言葉で伝えようとしても、なかなかうまくいかない。思いはつねに、言葉の領域を超え出ている。心と心が結ばれようとするとき、言葉という舟はしばしば、私たちの想いを十分に乗せることはできないらしい。

どんなに相手を大切に思っても私たちは、いつか別れを経験しなくてはならない。

誰かを愛することは別れを育むことでもある。

別れが必ずやってくることをどこかで本能的に感じているからなのか、私たちはさまざまな手段で記録を残そうとする。映像、音声、動画などさまざまな様式で出来事を保存しようとする。だが、それらもいずれは消える。形あるものはいつか壊れる。

しかし、コトバは壊されることはない。コトバはもともと人間の手がふれ得るような場所には存在していないからだ。

コトバによって人は、遠く離れたところにいる人ばかりではなく、彼方の世界にいる者たちとも交わることができる。だからこそ、沈黙のうちに逝きし者たちに祈りを捧げるのだろう。

真に必要なのは、無数の記録データよりも、いくつかの、あるいは一つのコトバによって刻まれた人生の出来事なのではないだろうか。私たちは愛する人との生涯を一つのコトバに刻むこともできるのである。

コトバこそ朽ちることのない真の黄金ではないか。魂にコトバを宿すとき、私たちは皆、目に見えない黄金を生み出すコトバの錬金術師になる。

姿なき友

誰かと比べたことはないが、知り合いは少ない方ではないように思う。だが、友人は少ない。いつからか友人は少なくてよい、そう感じるようになった。

少ないとは、数えても片手で十分に間に合うといった風だが、年を重ねてみるとむしろ、多くの友人を持つなど不可能なことではないだろうかとも思う。

友とは何かをめぐってはさまざまな意見がある。友情論の古典も複数ある。ある人は吉田兼好（一二八三頃〜一三五二以後）の『徒然草』にある、次の一節を学校で習ったのを思い出すかもしれない。

友とするにわろき者、七つあり。一つには、高くやんごとなき人。二つには、若き人。三つには、病なく身強き人。四つには、酒を好む人。五つには、猛《たけ》く勇める兵《つわもの》。六つには、虚言《そらごと》する人。七つには、欲深き人。

よき友三つあり。一つには、物くるる友。二つには、医者《くすし》。三つには、智慧ある友。


世の中には友にしてはならない七種の人間がいる。社会的な身分の高い人、若者、病気を知らない頑強な人、大酒飲み、争い好きな者、嘘つき、強欲の人、と、今日の社会に当てはめながら意訳するとこうなる。

その一方で、友にすべき者は、物をくれる人、医師、広くは医療従事者、そして知恵のある人であると作者はいう。

人との付き合いを好まない兼好らしい言葉だが、真理の一面を言い当てている。特に「友とするにわろき者」には学ぶところが多い。若い人同士は、なかなか友にはなれない、と兼好は考えている。出会ったときは若くても真に友と呼べるようになるには互いにいかばかりか生きてみなくてはならないというのだろうか。

また、友にすべきではない、と彼が考えていたのは自他の区別がつかない人である、といい換えられるように思う。他者が自分とは異なる世界観を持って生きていることを尊重できない人ともいえるかもしれない。

世界に眼を向けると、友情論としてもっともよく読まれてきたのはローマ時代の哲人政治家キケロー（前一〇六〜前四三）の対話篇『友情について』ではないだろうか。この本で彼は、友情の美徳をめぐってこう記している。

> 友情は数限りない大きな美点を持っているが、疑いもなく最大の美点は、良き希望で未来を照らし、魂が力を失い挫《くじ》けることのないようにする、ということだ。それは、真の友人を見つめる者は、いわば自分の似姿を見つめることになるからだ。それ故、友人は、その場にいなくても現前し、貧しくとも

富者に、弱くとも壮者になるし、これは更に曰く言いがたいことだが、死んでも生きているのだ。

（中務哲郎訳）

友がいることで、物質的に貧しくても魂は豊饒を感じ、心が疲れ弱くなっても、友を思えば眠っていた力が目覚めてくる。さらに、友となった者は離れたところにいてもその存在感は一向に減じない。そればかりか、この世での肉体が滅んでも、その存在は滅することがないとさえいう。友とは、死してもその存在の力を失わない者であるとキケローは感じている。

さらにこの作品の別なところでキケローは、同じ登場人物に「わしはまた、魂は肉体と同時に滅び、死と共に全てが消滅する、というようなことを最近説き始めた連中には同意しないからな」とも語らせている。真に友であるかどうかは、どちらかが亡くなるといっそうはっきりと感じられるということらしい。

同質の実感は東洋の古典でも語られている。『論語』にある「朋《とも》あり、遠方より来る。また、楽しからずや」がそれだ。

「遠方」とは物理的に離れている場所、という意味だけではないだろう。学校ではそう習ったが、孔子はもう少し広い世界観を持っていた。キケローの言葉と響き合わせると、孔子が語った「遠方」には、彼方の世界である死者の国が含意されているように感じられてくる。

孔子は、弟子に教えただけではない。彼は弟子を友人として遇し、彼らに学んだ。また、先立った弟子を忘れることもなかった。

『論語』は、現実世界でいかに生きるかを説いた書物であるだけではない。『論語』は、失意のときにこそ私たちの傍らにもっとも近く寄り添ってくれる。この本は、目に見えない次元を包含しつつ語られた人生の書であり、また高次の友情論として読むこともできるのである。

信と知

人は誰もが何かを信じようとしている。自己を、他者を、会社を、国家を、そしてある人は神を信じようとするのかもしれない。しかし、信じるという営みにはいつも危険が伴っているのも、どこかで感じとっている。

何かを過度に信じようとするとき人は、われを、また他者とのつながりを見失う。盲信、狂信という表現もあるように、信じることには人間の目を曇らせ人生を狂わせるような働きがあることは、歴史が証明している。

目に見える証しを求めているうちはまだよい。求めて得られなかった確約めいたものを、自らの手で作り出そうとするとき人は、しばしば大きな過ちを犯す。

そうすると、信じるというような非合理な道を行かずに、合理的に考え必要なものをすべて知ればよいのではないか、という思いが湧いてくる。だが少し考えてみれば、そんなことが不可能であるのはすぐに分かる。世界の秘密は人知をはるかに超えている。

しかし現代人は、ほとんど無意識的に「知る」道を進みつつある。能力的に限界もあって、何もかもを知ることはできない。そうすると知り得ない事象が目の前にあっても、自分とは関係のないものとして目を閉ざすようになる。

また私たちは、「知っている」と感じているものを信じることはできない。何かを信じたいなら私たちは、それを知り尽くそうとすることを諦めなくてはならないのかもしれない。

愛する人との間で築き上げなくてはならないのは、互いをよく知ることだけでなく、深く信じ合う関係ではないだろうか。だから、相手のことを過度に知ろうとするとき、信頼が崩れていく。あるいは、知ろうという態度をむき出しで接していると関係はどんどん薄れていく。愛する者と直接的につながろうとしてもそれは長く続かないのかもしれない。関係には何か媒介となるものが必要なようにも思われる。知らないから不安なのだ、相手をもう少しだけ知り得れば、安心して信じることができる、というかもしれない。だが信じるとは、もともと揺れ動かない状態のことではなく、大きく揺れながら何かとつながっている状態を指すのではないだろうか。

人はいずれこの世を後にしなくてはならない。しかし、二人が作り上げてきた歴史は消えることがない。互いが、一瞬一瞬新たにされる歴史に深く交わるとき、人間の関係は予想を大きく超えた強いものとなる。

大切な人のことを、自分自身を、あるいは自分の人生の意味を信じたいと願うなら、それを知り得るものであると思ってはならない。信じるとは、知り得ないものとの間にだけ起こる出来事だからだ。

自分を知る。もしそれが実現可能であれば、私たちは他者の存在をこれほどまでに強く求めることはないだろう。

おそらく私たちは、自らの人生で見出さなくてはならない生きることの意味を、わが身に宿して生まれてくる。だが、それを一人で探り当てることはできない。あるとき他者がふと口にした一言が、心の闇を一瞬にして照らし出し、そこに探していたものを見出すことがある。

信じているから疑わない、というような言葉にしばしばふれる。本当だろうか。私たちは、何かを信じたいと強く願うときだけ、真に疑っているのではないだろうか。何かを信じたい、そう感じて懸命に努力する。こうしたとき募るのは、信じる心持ちではなく疑いである場合も少なくない。ふと疑い、それを信じる炎で打ち消す。それが私たちの人生なのではないだろうか。

私は私の信じているものを知らない

（越知保夫訳）

二十世紀フランスの哲学者ガブリエル・マルセル（一八八九～一九七三）という人物の言葉である。

この一節を越知保夫の「ガブリエル・マルセルの講演」と題する作品ではじめて読んだのは十代の終わりだが、胸に迫ってくるようになったのは、厄年を越えて、幾つかの悲痛による人生の洗礼を受けてからだった。

ある時期までは、人生の問題とは何かを知りたいと願っていた。だが今は、本当に大切な何かを信じ続けたいと思う。それが何であるかを、私は知らない。

知ることが何かを手のひらで感じるような営みであるとすれば、信じることはそれを胸にいただいて生きることであるのは分かる。

手にしているものを人は落とすことがある。しかし胸にあるものは、たとえ転んだとしても私たちのもとを離れることはない。

メロスの回心

神でなくても、人を信じ切るのは簡単ではない。互いに親友と認め合っている者同士でも、疑念からまったく自由になれるわけではない。そうした迷いと葛藤からいかに抜け出すことができるか。そうした観点から太宰治（一九〇九～一九四八）の「走れメロス」を読み解くこともできるだろう。どこまでも人間を信じてみたい、あるいはどこまで人は自己を、他者を信じ切れるのか。それは太宰の生涯にわたる根本問題だったといってよい。

人はしばしば、信じたいと願う対象についての知識を蓄えようとする。宗教者たちは長い年月と大きな努力を費やして「神学」あるいは「教学」という大きな知の体系を築き上げてきた。しかし知ることの彼方に信じることが生まれるのではない。むしろ知り得ないという認識が起こったとき、信じるという営為が立ち現れる。優れた神学書とは、神はいかに不可知なものであるかを私たちに知らせるものであるとすらいえる。

だが、知ることを諦め、信じることも十分にできない人間も少なくない。むしろほとんどの人間は、知り尽くせず信じきれない人生を送っている。そうした者たちにも道は残されているのか。私たちはすぐにそうした問いに直面することになる。

それは「走れメロス」を書いた太宰も同じだった。彼はこの物語の作者でもあるが、もっとも熱烈な読者でもあった。彼は考えながら書き、書くことで考えを深化させた。人は誰も自らが書く文章の、最初の、そしてもっとも熱心な読者でもある。

メロスは、正義感の強い一介の牧人だったが、ある日、正義の啓示を受けたように残虐な暴挙を繰り返す王を暗殺しようと剣を腰に王宮へと向かった。もちろん、こんな無茶な行為が成功するはずはない。すぐに捕えられて王の尋問を受ける。

王は、何の釈明もさせず、メロスを処刑してもよかった。むしろそれが王の日常だった。だが、気が変わったのか二人は対話を始める。そこでメロスは、処刑されるのはよい、しかし近く妹が結婚する。その宴に顔を出し、祝福を贈る猶予を与えてほしいと願い出たのであった。

王は、一つだけ条件を付けてそれを承諾する。一時的に釈放するが、身代わりに誰かを獄に置いていけ、というのである。このときメロスが名前を挙げたのが親友セリヌンティウスだった。この男もひとかどの人物で、ほとんど理由を聞かずに友の申し出を受け入れる。

この小説をセリヌンティウスの立場から読んでみる。すると、メロスを主人公としたときとはまったく異なる味わいがある。メロスは信頼と友情を体現している。しかしこの友は、宿命とその受容の意義を沈黙のうちに物語っている。

メロスは走る。走って故郷へ行き、結婚式に出席し、また走って戻ろうとする。しかし、疲労から彼の肉体は思うとおりには動かない。メロスは幾度か帰還を諦めそうになる。そんなとき、わざと遅れてくるがよいと語った王の、悪意に満ちた囁《ささや》きがなまなましく脳裏に浮かぶこともあった。

しかし直後にメロスは、得体の知れない強い働きに全身を貫かれ、再び走り始めるのだった。太宰はその場面をこう描き出している。

斜陽は赤い光を、樹々の葉に投じ、葉も枝も燃えるばかりに輝いている。日没までには、まだ間がある。私を、待っている人があるのだ。少しも疑わず、静かに期待してくれている人があるのだ。私は、信じられている。私の命なぞは、問題ではない。死んでお詫び、などと気のいい事は言って居《お》られぬ。私は、信頼に報いなければならぬ。いまはただその一事だ。走れ！　メロス。

私は信頼されている。私は信頼されている。先刻の、あの悪魔の囁きは、あれは夢だ。悪い夢だ。忘れてしまえ。五臓が疲れているときは、ふいとあんな悪い夢を見るものだ。メロス、おまえの恥ではない。やはり、おまえは

――真の勇者だ。

彼は、自己の信じる力を頼りに再び走り始めたのではなかった。相手に信じられているという自覚によって消えそうになった心に再び火を灯したのである。

信じようとするのは、人間の努力である。努力にはいつか限界がある。一方、信じられていることに気が付くのは発見である。それは人間が造るものではなく、与えられるものなのではないだろうか。

先のような思いに目覚め、再び走り始めたメロスは、道中でセリヌンティウスの弟子フィロストラトスに出会う。彼は、もう間に合わないとメロスに告げる。あなたが遅れて戻っても王は、セリヌンティウスを殺し、さらにはメロスを処刑する。セリヌンティウスの願いはあなたが生き延びることだ、だから戻るのはやめてほしい、と告げる。するとメロスはこう答えた。

それだから、走るのだ。信じられているから走るのだ。間に合う、間に合わぬは問題でないのだ。人の命も問題でないのだ。私は、なんだか、もっと恐ろしく大きいものの為に走っているのだ。ついて来い！　フィロストラトス。


メロスは、単に親友の信頼に応えようとして立ち上がったのではない。得体の知れない「もっと恐ろしく大きいものの為に」走っている。

この「大きいもの」を仏教では縁、キリスト教では愛と呼び、ある哲学者はそれを人生の意味と名付けている。信じる道は狭い。しかし、人間が、自らを超えるものに信じられているのだとしたら、そこに広がる地平は限りなく広く、豊かなものなのかもしれない。不可視な何ものかが私たちを信じている、それは言葉では証明できない。だが、それを語る賢者は古今東西にわたって無数にいる。

「走れメロス」は名作である。今回、読み返してみて改めてそう思った。舞台はシラクスの街とそこから十里ほど離れた僻村《へきそん》になっているが実際は、この物語は私たちの内面で起こっている、そう太宰は考えたのではなかったか。この作品の舞台は、人間の精神の王国にほかならない。

誰の心にも、内なる王、内なるセリヌンティウス、そして内なる勇者メロスがいる。

暴君だった王は、「信じられた」二人の男の姿を見て回心する。もっとも劇的な変容をとげた人物がこの作品の主人公であるとするなら、二人の友人たちのどちらでもなくこの王である、と私は思う。回心とは、単に心を改めることではない。それは改心だ。王の経験したのは世界が逆転する経験である。それは、弱き者によって強き者が生かされている、という人生の秘義を全身で感じとることによる精神の革命の呼び名にほかならない。

何度も読んでいるはずの文章が、あるとき、まったく新たな意味をおびて浮かび上がってくる。そうしたとき人は、一つの言葉にも容易にくみ尽くすことのできない意味の深みがあることを、まざまざと経験することになる。

すると同じ本でも、読むときの状況によってまったく異なる姿をして顕《あら》われてくることになる。今まで感じられていなかった言葉が、心の奥に届くような手応えをもって迫ってくる。今まで読めなかった言葉が、本から浮き出てくる。そうした読書の経験をした人は少なくないのではないだろうか。

文字は動かない。しかし、意味は変貌する。読み手の人生が動いているからである。

こうしたことは、本をめぐってだけではなく他者から発せられる言葉においても起こる。まったく感じることのできなかった意味の奥行きを、相手の言動にははっきりと見出すようになる。発言だけでなく沈黙にさえも、言葉にはおさまりきらない意味が宿っているのを発見する。さらには、まったく愛《いつく》しみを感じることができなかった人の言動に情愛の発露を感じるようになる。

他者の心は、必ずしも自分と同じように働いているとは限らない。眼前にいて、好ましく感じていない人が、考えていたよりもずっと自分を大切に思ってくれているのにいまさらながらに気が付く、そんなこともある。

これまでに私は、幾度もそんな経験を繰り返してきた。そのたびに自分の心の狭さに嫌気がさす。しかし精確にいうと、心が狭いのではない。心が自分のことでいっぱいなだけだ。

最近、部屋を片付けスペースを作るといろいろと整理が付き、生活、考え方が変わるという本がよく読まれていて、日常会話でもそんな話をよく聞くようになった。そのとおりだと思う。部屋を少し掃除するだけで小さな、しかし、確かな変化が起こる。だが、同質のことを私たちは心の小部屋から始めてみることもできる。さらにいえば、目に見えない心の小部屋からでなくては始められない何かがある。

どんなに目を見開いても見えないものが、私たちの人生にはある。涙は見えるが、悲しみは見えない。呻《うめ》き声を上げる姿は見えるが苦しみは見えない。微笑む顔は見えるが、そこにある無私の情愛を見ることはできない。

もしかしたら、私たちはいつも、何かが見えていないのかもしれない。きっと、ほとんど見えていないといった方が現実に近いのだろう。だから、見えていないところに私たちが探しているものが潜んでいることも十分にある。

開眼という言葉がある。あるときまで認識できていなかった意味を突如として理解する、といった意味で用いられるが、もともとは仏教の言葉で内なる真理に目覚めること、悟りを意味した。

また、眼が開かれるという文字には、今まで見えていなかったものが見えるようになるという響きがある。そこには、人にはいつも見えていないことがあるのを忘れるなという、戒めの意味も込められているのかもしれない。

そもそも、仏教では人間には五つの眼があるという。さまざまな解釈があるだろうが、岡潔のエッセイ集『一葉舟』にある「科学と仏教」という一文をまとめてみると次のようになる。岡は、世界的な数学者であり、また、仏教の敬虔な信仰者でもあった。

一つ目は、肉眼《にくげん》。物を見る眼。
二つ目は、天眼《てんげん》。自然と交わり、目に見えないものを感じとる眼。
三つ目は、法眼《ほうげん》。法界、すなわち彼方の世界を見る眼。
四つ目は、慧眼《えげん》。世界を一なるものとして見る眼。
五つ目は、仏眼《ぶつげん》。仏、覚者として世界を見る眼。

肉眼ですら十分に見えていないのに、その先に四つも「眼」があると仏教は説く。

当然ながら、五つの眼それぞれにはまったく異なる光景が広がってくる。同じものを見ても世界が違ってくる。

また、仏教徒ではない者はどのようにして「眼」を開くことができるのか、そんな疑問も湧いてくるだろう。

だが心配はいらない。鈴木大拙によれば仏教は宗教でもあるが、伝統に裏打ちされた本当の意味での哲学でもある。仏教に帰依しなくても叡知《えいち》を受け容れることはできるらしい。

五眼にふれ岡は、肉眼、天眼は私たちの世界を感じる眼で、あとの三つは、彼方の世界を感じる眼、また彼方の世界からこの世界を見る眼である、とも書いている。この世には、この世だけが世界だと信じる者には見えてこない何かがある、というのだろう。

肉眼も老眼になってきた私は、世界がだんだんと見えにくくなっている。人生の先行きもあまりはっきりしないから、遠くを見るのは諦めつつある。

しかし時折、他者の眼で世界を感じるだけでなく、亡き者たちから見たらこの世はどう映るのだろうと考えるようにはなった。

生者たちが口にする正義はどれも当てにならないが、死者が照らし出す何ものかを肉眼ではない眼で眺めていると、正義は確かに存在すると感じさせてくれるようにも思う。

ここでの「正義」とは、人がより善く生きようとするときの指針というほどの意味で、大げさなものではない。

『春宵十話』と題する、岡潔のもっともよく読まれているエッセイ集がある。そこで彼は「善く生きようとする」ことにふれ、こう書いている。

人生というものは、本当に善く生きようとする者にとってはまことに生きにくいものだと思う。

(「日本人と直観」『春宵十話』)

生きにくい、そう感じたらいよいよ、生活だけの毎日ではなく個々の稀有なる人生が始まった、そう思ってよい、というのである。

自己への信頼

読書は、ときに恋愛に似ている。どんなにこちらが好きになってもなかなか関係が進展しないことがある。書物から何かを真剣に学びたいなら書物に信頼されなくてはならない。

恋愛が本当の意味で成就するとき、そこに最初に生まれるのは信頼である。恋愛と信頼は関係ないというかもしれない。しかし、人を好きになるのではなく真剣に愛してみようと思ったことのある人は、そのようには思わないだろう。

信頼が間になくても、関係は存続する。だが、そこにあるのはすでに恋愛と呼ぶべきものではないだろう。人は、信頼が打ち建てられる前に魅了されることがある。しかし、燃え上がる聖火を受ける聖火台がなければ、いずれ関係は燃え尽きる。ひとたび燃え上がった恋の炎は、キャンプファイヤーの火のように祭りが終わって朝になれば、夜の宴が嘘のように消え去ってしまう。

恋を愛に深化させようと真剣に思う者たちは、どんなにみすぼらしくても燃えない何かを二人の間に築き上げなければならない。むしろ、格好《かっこう》の良いだけのものは信頼の器としてはあまりふさわしくない。人は、格好良くばかりは生きられないからである。

何か特別なことをして、他者からの信頼を勝ち取ろうとする。しかし、相手が見ているのはそこではない。自分を信頼しているかどうか、自己を信じるに値する人間になろうとしているかどうかではないだろうか。確かに自分を信頼するのは難しい。しかし、自己を信頼しようとしない人を、どうして他者が信頼しようとするだろう。

十九世紀アメリカを代表する思想家にラルフ・ワルド・エマソン（一八〇三～一八八二）という人物がいる。内村鑑三、新渡戸稲造をはじめ、大正期の日本にも大きな影響を与えた。

エマソンが「自己への信頼」（Self-Reliance）と題する一文を書いている。そこで彼は、旧約聖書の預言者モーゼや哲学の祖であるプラトン、盲目の大詩人ミルトンといった精神界の英雄の境涯にふれ、彼らが優れていたのはそれまでの「書物や伝統を無視して、世人ではなく、自分たちが考えたことを語ったという点だ」と述べている。彼らは自らの内なる叡知《えいち》の輝きから目を離すことはなかった、というのである。

さらに先の一節にエマソンはこう続けた。

詩人や賢者が星のようにいならぶ天空の輝きよりも、内部から閃いておのれの精神を照し出すあの閃光を、人間は目にとめ、注視できるようにならねばならぬ。それなのに人間は、自分の思想を、自分のものであるだけに、かえってあっさり見捨ててしまう。天才の作品を見ると、われわれはいつも、われわれ自身の見捨てた思想がふくまれていることに気づく。かつては自分のものであった思想が、一種縁遠い威厳をそなえてもどってくるのだ。

（『エマソン論文集　上』酒本雅之訳）

誰の心にも内なる詩人、賢者、さらには預言者すら生きている。彼らは必ずしも言葉によって語るとは限らない。叡知はまばゆい光によって浮かび上がる、というのである。

一つの言葉にも無限の想いを呼び起こす力が宿っている。たとえば、光という一語によって、それぞれの胸に湧き上がる光景はまったく違う。ある人はまばゆい光線を思い、別な人は心に灯る小さな明かりを感じるかもしれない。夜空に浮かぶ星、朝日に照らされた山々を思う者もいる。

現代に生きる私たちは確かめる術《すべ》を持たないが、もしイメージを視覚化する技術が開発されたなら、人間の数だけ異なる世界を有していることが明らかになるだろう。エマソンは、「読む」ことにおいても興味深い言葉を残している。

たとえば有能なひとがウェルギリウスを読んでいるところを見たことがあるとする。ところが、その著者は千人千様の読み方をされるのだ。ためしにその本を君の両手に持って目のつぶれるほど読んでみたまえ。わたしの読みとっていることを君が読みとることはけっしてあるまい。

（「霊の法則」酒本雅之訳）

同じ文字が記された本は無数にある。しかし人は、そこから個々の意味をくみとる。誰も同じように読むことはできないとエマソンは考えている。大切な本を読むとき私たちは、裸形の心で向き合わなくてはならない。情報を得ようとするとき頭は冴えているが、心は閉じている。胸を開こうとしない者に、どうして書物が門を開くことがあるだろうか。

本を読んで、「要は」といって要点を語り始める人はきっと、旅するときも目的地に着いて、自分で決めたことをやれば満足なのだろう。本を読むときも、要点を理解するのとはまったく別な向き合い方もある。数日で読めるはずの本に一年の歳月が必要だったり、一つの言葉の前で立ち止まったりしてよい。読書は、精神の旅だからだ。

読むことが旅であると分かれば、正しい旅が存在しないように「正しい」読書など存在しないことに、すぐに気が付くだろう。

同じところへ行っても同じ旅は存在しないように、同じ本を読んでも同じ読書が経験されるのではない。私たちが手にしなければならないのは、世に広く知られた本ではない。「私」だけが読み解くことのできる世界にただ一冊の本なのである。

彼方のコトバ

「よむ」という行為を改めて考えてみる。私たちが日ごろ語っている言葉を見ても、文字を認識する、という営みに収まらないことに気付かされる。

心を読む、空気を、雲行きを、時代をさらには未来をさえ、「読む」という。「読む」にはそもそも、言葉には表し得ないものを感じとるという働きがあるらしい。

また、文字になっていない何かを「読む」という現象には、私たちがさまざまな場面で、言語とは異なる姿をしたものからも意味を豊かにくみ取っている現実がよく表されている。表情を読む、と口にすることもある。もちろん、書物を読むときも私たちは、そこに書かれている文字には収まらない何かを感じている。

また「よむ」という言葉は、「読む」のほかに「詠む」とも書く。「詠む」は、和歌を詠むというときに用いる。詠むとは、言葉を永遠の世界に届けようとする営みでもある。『万葉集』の時代から和歌は、単に歌人の心情を謳《うた》いあげるためだけのものではなかった。歌人自身の胸のうちよりも、むしろ、十分に語る言葉を持たない者たちの思いをわが身に宿し、歌にするのが歌人の役割だった。

『万葉集』に登場する歌人のなかでもっともよく知られているのは柿本人麻呂《かきのもとのひとまろ》（六四五以後〜七一〇頃）だろう。彼は旅先で客死する。するとそのときの心境を、他の歌人が歌にするのである。そうした歌も『万葉集』には収められている。

そこには「丹比真人《たじひのまひと》の柿本朝臣《あそみ》人麻呂の意《こころ》を擬《あてはか》りて報《こた》へし歌一首」、丹比真人という人が、すでに語ることができない人麻呂の心映えを引き受けて詠んだ歌である、との注釈があり、次の歌が続く。

——荒波に寄り来る玉を枕に置き我ここにありと誰《たれ》か告げけむ　（二・二二六）

荒波に打ち寄せられてくる玉石を枕の近くに置き、伏せっている。このことをいったい誰が妻に伝えたのだろうか、というほどの意味だろう。

人麻呂がどこでどのように亡くなったか、詳細は分からない。先のような歌を読むとき現代人は、作者は想像力を働かせて歌を詠んだのだ、と考える。だが、実状はもっとなまなましい出来事だったのではないだろうか。この人物の胸には、打ち消しがたいほどの強烈な幻像が浮かび上がり、それが言葉となってあふれ出たのではないだろうか。

同様の歌はほかにもある。この歌のほかにも死に瀕した人麻呂自身が詠んだ歌として次の一首が収められているのだが、この歌を見ても現代人が考えるような「作者」という考えには収まらない何かがうごめいているのを感じる。

——鴨山の岩根しまける我をかも知らにと妹《いも》が待ちつつあるらむ　（二・二二三）

鴨山の岩を枕にして死んでしまった私を、それとも知らずに妻は帰りを待っている、というのである。

多くの『万葉集』の現代語訳は、人麻呂が詠んだことを前提にしているので「岩を枕に死につつある私を」、と訳しているが、「岩根しまける」という言葉は、死につつあることではなく、すでに死んでいることを示す言葉でもある。

そう考えると状況はまったく変わってくる。この歌も人麻呂が詠んだのだろうかという疑念を抑えることができない。人麻呂の魂を引き受けた別な歌人が、人麻呂として詠んだのではないか。私にはそのように思えてならない。

人麻呂は後年、歌聖と呼ばれることになる。それは単に歌がうまかったことを示すのではない。それなら「聖」の文字は大げさに過ぎる。

仏教はもともと仏道と呼ばれていた。仏教という表現がこれほど頻繁に用いられるようになったのは近代以降のことである。歌道という言葉もある。ここでの「道」は人間を超える何かを求める営みを指す。

歌人は巫者《ふしゃ》でもあった。ことに人麻呂はそうだった。死者の想いをうつしとること、それが歌人たちに託された神聖なる義務だったのではないだろうか。

これは突拍子もない考えではない。近代に生きた人で同様のことを高らかに謳いあげた人物がいる。リルケである。詩人は死者と天使から託された言葉によって詩をこの世に生み出すという。

声がする、声が。聴け、わが心よ、かつてただ聖者たちだけが
聴いたような聴きかたで。巨大な呼び声が
聖者らを地からもたげた。けれど聖者らは、
おお、可能を超えた人たちよ、ひたすらにひざまずきつづけ、それに気づき
　はしなかった。
それほどにかれらは聴き入るひとであったのだ。おまえも神の召す声に

堪えられようというのではない、いやけっして。しかし、風に似て吹きわたりくる声を聴け、
静寂《せいじゃく》からつくられる絶ゆることないあの音信《おとずれ》を。
あれこそあの若い死者たちから来るおまえへの呼びかけだ。

（手塚富雄訳）

この一節を含む『ドゥイノの悲歌』のためにリルケは、およそ十年の歳月を費やした。書いては消しという営みを繰り返したのではない。死者と天使という不可視なものたちの「音信」と訪れを、ひたすらに待ったのである。この期間、リルケにとって待つとは、書くに勝るとも劣らない創造的な営みだった。待つこと、それは詩人にとって祈ることに等しい。

「詠む」は、「よむ」だけでなく、「ながむ」とも読む。「ながむ」は「眺む」とも書く。今日では遠くの場所を見ることを指す言葉も、中世ではきわめて重要な哲学

的な意味をもった言葉だった。この一語をめぐって、批評家の唐木順三（一九〇四～一九八〇）は次のように書いている。

〔「ながむ」とは単に〕空間を眺めるだけでなく、時間の風景、記憶や歓びや悲しみの経験のしみこんでいる風景を眺める。強くいえば歴史や時間を眺めるというような「詠める」であることが多い。いわば詠歎をこめての「ながめ」であるといってよい。

（「秋への傾斜」『日本人の心の歴史』）

ここで唐木が語ろうとしていることは、『新古今和歌集』にある次のような歌を見るとじつによく分かる。

ながむれば衣手涼し久方の天の河原の秋の夕ぐれ　（四・三二一）

夜にならない秋の夕ぐれに遠くを見て、未だ現れない天の川に思いをはせていると、久遠の世界からの風を衣服の袖に感じる、というのである。

ここでの「ながむ」は、物理的な距離を示す言葉でありながら、同時に現実世界の奥にある、もう一つの世界を感じることを示す言葉になっている。

「天の河原」は、七夕伝説にあるように、もう会うことのできない愛する者たちが、年に一度だけ会うことが許される場所である。「ながむ」、それは生者が、逝きし者たちの世界をまざまざと心に感じるさまを示す一語でもあったのである。

言葉の種子

小さい頃から誰からともなく、自分の言葉で話せ、自分の言葉で書け、といわれてきたが、自分の言葉とはいったい何なのだろう。

よく考えてみれば、自分の、といってみたところで、言葉に名札をつけるわけにもいかず、この言葉は自分以外は誰も使ってはならない、ということもできない。そもそも「自分の言葉」は、いったいどこにあるのだろう。家の鍵がよく玄関の前に置かれた鉢植えの下に隠されているように、決まった場所を探せばあるのだろうか。あるいは、練習を繰り返せば鉄棒で逆上がりができるように、鍛錬の結果もたらされる何ものかなのだろうか。

「読むと書く」という講座を始めて四年目になる。参加者は一クラスおよそ十人で、みんなで古今東西の古典を読み、そこに記されている言葉に導かれて言葉を書いてみる、そこに私が少しだけコメントを付して返す、という、考えてみれば素朴な講座だ。

ひと月にのべ六、七回行っているからひと月で七十編ほどのじつに様々な作品を読む。丸三年続けてみると、のべ数千の文章を読んできたことになる。

参加者も初めは皆、少し緊張ぎみの文章だが、言葉を媒介にした場ができると言葉は自然と動き出す。もう、自分の言葉で書きましょうなどという発言が空々しく響くほど、ひとりひとりまったく異なる、そして切実な実感を書き始める。

添削するとき、私はほとんど名前を意識しない。書かれた言葉だけを読む。誰が書いたかではなく、どんな言葉が生まれているのかを凝視するように努める。二度と見ることのない言葉としてそれらと対峙する。「読む」というのは精確ではないのかもしれない。むしろ、眺めているように感じることもある。一つ一つの文章の奥行きを感じつつ、そこに広がっている世界を感じているようにも思う。それは旅先で見る美しい光景にも似ている。ただ、ここでいう「美しい」は、古語でいう「美《かな》し」を含意している。

昔、人は「悲し」だけでなく、「愛し」、「美し」と書いても「かなし」と読んだ、そう教えてくれたのは柳宗悦だった。『南無阿弥陀仏』にある次の一節に出会ったときの衝撃を私は今も忘れることができない。この一節に出会うことがなかったら、私は現在のように生きていなかったかもしれない、とすら思われる。

「悲」とは含みの多い言葉である。二相のこの世は悲しみに満ちる。そこを逃れることが出来ないのが命数である。だが悲しみを悲しむ心とは何なのであろうか。悲しさは共に悲しむ者がある時、ぬくもりを覚える。悲しむことは温めることである。悲しみを慰めるものはまた悲しみの情ではなかったか。悲しみは慈《いつくし》みでありまた「愛《いとお》しみ」である。悲しみを持たぬ慈愛があろうか。

それ故慈悲ともいう。仰いで大悲ともいう。古語では「愛し」を「かなし」と読み、更に「美し」という文字をさえ「かなし」と読んだ。

言葉はときに、種子のような姿をして私たちの前に顕《あら》われる。風に吹かれてやってくることもあれば、鳥などの小動物が運ぶことも、人から手渡される場合もあるかもしれない。しかしそれはあまりに小さいから、気を付けていないと見失ってしまう。それを土に植え、育てなくてはならない。

簡単な言葉であれば覚えるのは難しくない。でも、それを育てるのはそう容易ではない。農業にも似ていて、試行錯誤と忍耐を求められる。農夫が天候に逆らえないように、言葉を育てるときも、心の天気を無視することはできない。晴れの日もあるが、曇りや、雨の日もある。しかし、雨の日がなくては土が干上がるように、言葉も乾いてしまう。

種子は光と水が注がれることによって変貌する。葉を茂らせ、実をつけ、花すら咲かせる。言葉にとっての大地とは私たちの心であり、光は時間であり、水は人知れず流してきた涙である。

暗闇を生ける者たちよ
言葉をさがせ
幸運や奇蹟ではなく
自らのうちに言葉をさがせ
すでに持てるもの
宿っているものが
自らを立ち上がらせる

苦しむ者たちよ
言葉をさがせ

外に広げた聴覚を
心に集めよ
朽ちることのない
何かをもとめているなら
みずからの胸にある
言葉をさがせ

書くことは、言葉を花開かせる営みでもある。語り得ぬコトバを、書くことによって言葉にすることで、私たちは自分の心のなかに眠っている宝珠を発見する。言葉は生きている。だからそれにふれたとき、私たちの心の弦はかき鳴らされる。心の琴線という言葉も、そうしたコトバに動かされた者が発見した表現なのだろう。

あとがき

もう数年前になる。ひとりで電車に乗っていたときのことだった。いつから書き手になりたいと思ったのか、とふと考え始めた。考えた、というのはあまり精確な表現ではない。そうした問いにつかまれたように感じた。

作品と呼べるようなものでなくても、まとまった文章を書き始めたのはいつからか想い出すことからはじめてみようと思い、心にある、まったく整理されていない見えない年譜をさかのぼったのだが、それらしい出来事になかなか出会わない。ある時期まで読むことにも書くことにもまったく縁遠い生活を送ってきたのだから当然だ。

別なところでも書いたが、読書という楽しみがあることを本当に知ったのは、高校生になって独り暮らしをしてからである。毎夜、壁越しにだが隣のひとの歯ぎしりが聞こえる部屋でテレビもない生活となれば、本でも読むほかない。それ以前に読んだ本は二冊しかなかった。読書感想文の宿題もあったが、あとがきを読んでそれをまとめるとよいと小学生の低学年のときに友だちに告げられ、以来その教えを長く守った。

もちろん、国語の成績はよくない。小学校のときは――中学生になっても変わらなかったが――「二」が通常、めぐり合わせがよいと「三」になるといった具合だった。最高点の「五」は人の通知表に記されるもので、自分には縁がないものと思っていた。

さらに苦手なのは絵で、図画工作の成績は「一」だった。授業もしばしば抜け出して、課題もいっさい提出しないのだから仕方がない。

屋外写生のときも憂鬱だった。一日中絵を描くなど苦痛以外の何ものでもなかった。しかし、何かを提出しないと終わらない。

ある時間を過ぎて、先生に絵を手渡した者から帰ってよい、ということになっていた。学校が終わったらみんなで野球をしなくてはならない。何が何でも野球をあきらめるわけにはいかない。そこで考えたのは、絵が得意な人に自分の分も書いてもらうことだった。

うまい人にとって絵を描くとは、幸福なひとときを過ごすことなのだろう。もう一枚描いてくれないかというと、いとも簡単に「いいよ」という返事が来た。

あまりにうまく事が運びすぎたので申し訳なくなり、絵を描く以外に自分にできることはないかと尋ねると、その友は、自分の代わりに文章を書いてくれないかという。数日前、町の歴史を自分で調べてまとめるという課題が出されていたのだった。彼は、絵はいくらでも描けるが、じつは長い文章が苦手なのだというのである。

文章が得意だと思ったことなど一度もなかったが、絵が苦手であるのとはくらべものにならない。絵を描いてもらうという心の負担も減る。もちろん二つ返事で承諾した。

郷里からは相馬御風《そうまぎょふう》という文学者が出ている。当時彼が何をした人物かは知らなかったが、「御風」という名はいつの間にか威厳をもったものとして心のどこかに存在するようになっていた。

この人物の生涯を調べてまとめてみようと思った。彼の住居が小さな記念館になっていて、彼が暮らした場所の周辺も歩いたりした。

御風は、一八八三年に新潟県糸魚川市に生まれ、一九五〇年に同地で没している。自由詩を謳《うた》い、和歌も詠む詩人で批評家でもあった。

自然主義が文壇を席巻しているころ、その中核にいて活動を続けていたが、ある日故郷にもどり、以来、文学界とは離れた生活を送った。本書で翡翠にふれたが、私の郷里で翡翠が採取できるはずだと初めて語ったのは御風だった。それは、この地に伝わる神話をもとにした発言だったが、のちにそれが真実であることが証明されたのである。彼は校歌をいくつも作り、なかでももっともよく知られているのは「都の西北」から始まる早稲田大学校歌だ。もちろん、私が通った小学校、中学校の校歌はともに御風の作詞による。

自分以外の誰かのために真剣に何かを行うとき人は、思わぬ能力を発揮するものである。頼まれた文章を書き終えたとき、何ともいえない充実感を覚えた。その感触は今でもほのかに心の奥にある。

だが、原稿用紙に自分の名前を書くわけにはいかない。友の名を記したのだが、慣れない字で、自分の書いた文章に、自分以外の人の名前を書いたときの違和感もありありとよみがえってくる。このとき書いたものは手元にないが、出来は悪くなかったように思う。十歳になっていない頃のことだったように記憶している。

その原稿が「批評」と呼べるものではなかったのは間違いないが、幼い私が試みたのは確かに「批評」だったと今さらながらに思う。自分の書いたものがはじめて活字になったのはそれから十余年後で、初めての本を世に送り出すことができたのは三十余年後であるからずいぶんゆっくりと歩んできたことになる。

この本に収められたエッセイは、すべて書下ろしである。これらを書きながら小学生のときに書いた、あの幻の「作品」をしばしば思い出した。

あの頃、私は「作品」を作り上げようなどとは思っていなかった、ただ自分で見、感じたことをなるべくそのまま文章にしたいと感じていただけだったように思う。

しかし、考え直してみると「書く」という行為に求められているのは、じつはそうした素朴なことなのではないだろうか。工夫を凝らした文章もよいのだろう。だが、世に言葉が生まれ出るためには、人間が考える工夫とは別種の営みも必要なのである。

言葉を自分の道具にするのではなく、言葉と共に何かを世に顕わすこと、それが書き手にもとめられている人生の態度である、と私は思う。

生まれよ　言葉
わが胸を打ち破りて　出でよ
無数の意識を　通りすぎるものではなく

一つの魂に届く姿をして顕われよ

語れよ　言葉
わが身を用いて　顕われよ
消えることなき光を伴いて
嘆き苦しむ者に寄り添え

響けよ　言葉
わが魂を突き抜けて　広がり
真の歓びは　深き悲しみの果てにあることを
悲しむ者たちに告げよ

日常的に詩を書くことはない。しかし、まとまった散文の仕事を終えるとそこに書き記すことができなかったことが詩の断片のようなかたちをして胸に残る。かつてはそれをノートに書き、机の奥にしまっていたが、日常に訪れる危機のとき、それをとり出して読む自分に驚かされた。

批評を書くことにも何かの意味があるのだろうが、批評では描き切れなかったものを見極めることもまた、なすべき行いなのではないかと思い直している。書くとは、自らの考えていることを確かめる行為であるよりも、書き得ない何かと邂逅《かいこう》する営みなのだろう。本書に収めたエッセイを書きながら私は、忘れていた人生の問いのいくつかと再び出会ったように感じている。

一冊の書物には、いくつもの見えない働きが宿っている。書き手はいくつかあるその工程の一つを担っているだけだ。編集者である内藤寛さん、校正者の牟田都子さんは文字通りの協同者である。感謝を送ると共にこの本の誕生を一緒に喜びたい。

装丁家の坂川栄治さん、鳴田小夜子さんにはデザイン案を幾つも出していただいた。装丁は本の顔であるだけではない。それは読者へと向かおうとする翼である。素晴らしい作品をいただけたことに心から感謝している。

また、会社で共に働いている同僚にも、この本が生まれるまでにも有形無形の助力をもらった。信頼できる仲間と苦楽を共にできることほど、大きな労働の喜びはない。この場を借りて改めて深く感謝したい。

書かれた文字は、読まれることによって言葉になる。この場を借りて読者にも千の感謝をささげつつ、この本を世に送り出したいと思う。

二〇一六年十月二十六日　次兄の誕生日に感謝と共に

若松　英輔

『言葉の贈り物』ブックリスト

本書で紹介されている本のリストです。
さらなる読書の参考になさってください。

- 根を探す
『二人での生活』ギュスターヴ・ティボン、越知保夫・長戸路信行訳（ユニヴァーサル文庫）
- 燃える石
『新編銀河鉄道の夜』宮沢賢治　新潮文庫
- 天来の使者
『新校本宮澤賢治全集　11――童話4』宮澤賢治　筑摩書房
- 働く意味
『生きがいについて――神谷美恵子コレクション』神谷美恵子　みすず書房
『重力と恩寵――シモーヌ・ヴェイユ『カイエ』抄』シモーヌ・ヴェイユ　田辺保訳　ちくま学芸文庫
- 未知なる徳
『代表的日本人』内村鑑三　鈴木範久訳　岩波文庫
- 書けない日々
『若き詩人への手紙・若き女性への手紙』ライナー・マリア・リルケ　高安国世訳　新潮文庫

- 苦い言葉　『鈴木大拙全集』第十九巻　鈴木大拙　岩波書店
- 言葉を紡ぐ　『マルジナリア』エドガー・アラン・ポー　吉田健一　創元選書
- 読まない本　『読書と或る人生』福原麟太郎　新潮選書
- 未知なる父　『宮沢賢治全集　1』宮沢賢治　ちくま文庫
　『新校本宮澤賢治全集　2』宮沢賢治　筑摩書房
- 痛みの意味　『思想と動くもの』アンリ・ベルクソン　河野与一訳　岩波文庫
- 天命を知る　『歳月』茨木のり子　花神社
- 生かされて生きる　『ソクラテスの弁明・クリトン』プラトン　久保勉訳　岩波文庫
- 色をいただく　『色を奏でる』志村ふくみ　ちくま文庫
- 一期一会　『一色一生』志村ふくみ　講談社学術文庫
- 黄金のコトバ　『心理学と錬金術』I　ユング　池田紘一・鎌田道生訳　人文書院
- 姿なき友　『徒然草』兼好　島内裕子訳　ちくま学芸文庫
　『新版徒然草――現代語訳付き』兼好法師　小川剛生訳注　角川ソフィア文庫

●信と知
『友情について』キケロー　中務哲郎訳　岩波文庫
『新版小林秀雄――越知保夫全作品』越知保夫　慶應義塾大学出版会

●メロスの回心
『走れメロス』太宰治　新潮文庫
『走れメロス』太宰治　角川文庫

●眼を開く
『一葉舟』岡潔　角川ソフィア文庫
『春宵十話』岡潔　角川ソフィア文庫

●自己への信頼
『エマソン論文集　上』エマソン　酒井雅之訳　岩波文庫

●彼方のコトバ
『万葉集』全五巻　佐竹昭広、山田英雄、工藤力男、大谷雅夫、山崎福之校注　岩波文庫
『原文万葉集』上・下　佐竹昭広、山田英雄、工藤力男、大谷雅夫、山崎福之校注　岩波文庫
『ドゥイノの悲歌』リルケ　手塚富雄訳　岩波文庫
『日本人の心の歴史』唐木順三　ちくま学芸文庫

●言葉の種子
『南無阿弥陀仏――付心偈』柳宗悦　岩波文庫

若松英輔（わかまつ・えいすけ）

批評家・随筆家。1968年生まれ、慶應義塾大学文学部仏文科卒業。2007年「越知保夫とその時代 求道の文学」にて三田文学新人賞、2016年『叡知の詩学 小林秀雄と井筒俊彦』（慶應義塾大学出版会）にて西脇順三郎学術賞を受賞。著書に『イエス伝』（中央公論新社）、『魂にふれる 大震災と、生きている死者』（トランスビュー）、『生きる哲学』（文春新書）、『霊性の哲学』（角川選書）、『悲しみの秘義』（ナナロク社）、『生きていくうえで、かけがえのないこと』（亜紀書房）、『往復書簡　緋の舟』（志村ふくみとの共著、求龍堂）など多数。

言葉の贈り物

2016年11月25日　初版第1刷発行
2018年 8月21日　　第5刷発行

著者　若松英輔

発行者　株式会社亜紀書房
〒101-0051
東京都千代田区神田神保町1-32
電話(03)5280-0261　振替00100-9-144037
http://www.akishobo.com

装丁　坂川栄治＋鳴田小夜子（坂川事務所）
装画　植田志保
DTP　コトモモ社
印刷・製本　株式会社トライ
http://www.try-sky.com

ISBN978-4-7505-1490-1　Printed in Japan